火紋身的
扯鈴高手

人物介紹

洪志文（大洪）　十五歲

因火災後遺症留級，右半邊臉有大面積燒傷的國二生，個性衝動，對自己的燒傷自卑，很照顧弟妹，從小跟著父母學扯鈴，願望是代替過世的爸爸成為世界第一的扯鈴高手。

洪志武（小洪）　十四歲

大洪的弟弟，因火災後遺症而失去原本的聲音，留級一年的國一學生，個性內向，與哥哥一樣擅長花式扯鈴。

黃叔叔　四十五歲

海產店的廚師，是已過世洪爸的拜把兄弟，個性開朗不拘小節，離婚後一人獨居，經常會接兩個兒子出去玩。

洪志慧（洪小妹） 五歲

洪家兄弟的小妹，被舅舅收養後，因舅媽患有癌症無法照顧她，而決定將她送到寄養家庭。

黃曉實 十四歲

國二學生，洪家兄弟的童年玩伴，個性親切温和，擅長運動與安撫媽媽。

黃曉雙　十五歲

認真準備考試的國三學生，洪家兄弟的童年玩伴，個性拘謹保守，不敢違背媽媽，但很信任爸爸與弟弟，在大洪鼓勵下，勇敢嘗試練習扯鈴。

張阿姨　四十歲

黃叔叔的前妻，幹練的服飾店老闆娘，獨自扶養曉雙與曉實長大，希望他們用功唸書，考取好學校。

阿良師　八十歲

頑皮有活力的國寶級扯鈴大師。

胖達　十五歲

洪家兄弟的舊識，從未在扯鈴個人賽中贏過他們，一直視他們為眼中釘，總是處處刁難洪家兄弟。

目次

01 大洪與小洪

大洪拆開繫在右手手肘部分，為預防疤痕增生而使用的彈性束帶，熟練的為自己按摩。舒緩發炎的乳霜散發出西藥特殊的刺鼻味，瞬間充滿整個房間。小他一歲的弟弟還在雙層床的上鋪睡著回籠覺。雖然已經是國中生了，但目前寄住在舅舅家的兄弟倆，無可避免的共擠一間小臥房。

「喂！」大洪將束帶穿回手肘，並調整了與手臂和手掌接觸的部分，打點好自己每日的護理，他不客氣的用腳踢著上鋪的床板。

「喂！小洪，快起床！今天是星期天，我們要自己煮午餐，吃完還要去倒垃圾！」遲遲等不到回應，大洪決定不理會賴床的弟弟，起身離開房間。

除了雙層床，房間裡還並排了兩張書桌，使得房間只剩下一條狹窄通道。在他的書桌上，有座焦黑的獎杯，那是事故後，救難人員從現場為他們撿回來的。在燒焦的獎杯下半部，隱約可以看到上面印著「扯鈴冠軍」字樣，大部分的字都磨損到無法辨識，只留下教練姓名還分辨得出來，那是大洪與小洪的父親，曾為知名扯鈴教練的他，訓練出不少扯鈴比賽的好手。

大洪突然回想起自己的任性，他甩甩頭，想把愧疚的感覺甩掉。他打開房門

01 大洪與小洪

走出臥室，一進客廳，就看到穿著粉紅色小洋裝的五歲女孩，安靜乖巧的坐在沙發上看著繪本。

「哥哥。」洪小妹一聽到腳步聲，馬上回頭探查，果然看到自己最愛的大哥出現在眼前。她蹦蹦跳跳的跳下沙發，瘦小的身軀迅速撞進哥哥懷裡。

「小妹，妳起得真早。」連忙接住飛撲而來的妹妹，大洪說道。

「哥哥們都太愛睡覺了，我七點就起床了。」

大洪瞥了一眼時鐘，時針指著八點，他覺得自己也沒睡多晚吧！只比上學日晚起了一個小時而已。

「舅舅和舅媽已經出門了。」洪小妹像做簡報般，認真報告大人們交代的事物。「他要我們記得吃飯，冰箱裡的東西盡量用。」

大洪點點頭。每個星期日是舅舅陪著舅媽到醫院做化療的日子，這天也不例外。

「你要唸繪本給我聽嗎？」小妹期待的說。

「好啊！等我先弄個早餐吃。」

大洪隨手烤了片土司，就坐在沙發上陪小妹讀繪本，接著拖了地板，擦了窗戶，完成每星期分擔的家務，動作迅速又專業，他覺得自己將來必定是稱職的「家庭煮夫」。午餐時間一到，他俐落的打開冰箱，果然看到滿滿的新鮮食材，想必是舅舅一早就去市場買回來的。

因為火災事故留級一年的大洪，現在是國二的學生，自從被舅舅收留，經常幫忙生病的舅媽煮菜，在努力學著照顧自己和弟妹的鍛鍊下，他除了很會料理，所有家事也幾乎難不倒他。只見他熟練的拿出幾樣青菜、香菇、紅蘿蔔、九層塔和洋蔥等食材。

「哥哥，我要吃義大利麵。」洪小妹緊緊黏著可靠的大哥，跟前跟後的撒嬌著。

「沒問題，哥哥馬上煮最好吃的義大利麵給妳！」

「耶！」洪小妹開心的跳著奇怪的自創舞蹈，一轉頭，就看到小洪揉著眼睛，睡眼惺忪的出現在廚房門口。

「小哥哥，你比我還要晚起。」洪小妹像個小大人般，用食指囂張的比著小洪。

小洪完全不將妹妹的責備看在眼裡，伸手一抓，像拎小貓一樣輕鬆將小女孩扛上肩頭。小妹一坐高，也忘了指責，興奮的在哥哥肩頭上東張西望著。

「你帶小妹收拾餐桌和準備碗筷，再五分鐘就可以開動了。」大洪忙著煮麵，不忘提醒弟弟做事。

小洪半睡半醒的點頭，這才放下小妹，領著她一會兒拿抹布擦桌子，一會兒擺放餐具，彷彿以前還住在家裡時一樣，只是現在帶頭的不再是爸爸和媽媽，而是哥哥帶著妹妹了。兄妹三人默契十足，沒一會兒，大洪特製的義大利麵就端上桌了，濃郁的番茄與九層塔的香味互相交疊成一場美妙的饗宴，瀰漫整個公寓，而桌上也早已準備好三人份的餐具。

「我開動了！」

「小妹！」大洪趕緊阻止：「開動前要說什麼？」

「喔喔！」小妹趕緊放下筷子，學著哥哥閉上眼睛，嘴裡默唸著感恩的話：「謝謝舅舅和舅媽的收留，在天上的爸爸啊！請保佑我們，我們要開動了。」

飯前的感謝儀式是大洪想的，為了讓自己和弟妹們能時時提醒自己感恩，以及不要忘了爸爸。大洪心滿意足的看著弟弟與妹妹吃得津津有味。兄妹三人狼吞虎嚥的享用完洪家特製義大利麵時，大門開了，一名穿著小碎花裙，滿臉憔悴的中年婦女出現在門口，旁邊站著同樣疲倦的中年男子。

「舅媽，舅舅。你們回來啦！」大洪趕緊從桌前起身，到門邊幫忙提東西。

「回來了。」舅媽將手上的物品交給大洪說：「你又煮義大利麵啊？」

「嗯！你們吃過了嗎？我可以再煮，馬上就好。」

「不用了，我們在醫院吃過了。」舅舅欣慰的看著懂事的姪子。

「舅媽！」洪小妹用童稚的嗓音開朗的打著招呼，她熱情的飛奔向前。

「小慧，妳有乖乖看家嗎？」

「有！哥哥們都睡得好晚，我第一個起床！」

「這樣啊！妳真厲害！」舅媽讚賞的摸摸小妹的頭說。

假裝沒聽到小妹的告狀，大洪關心的問：「舅媽，今天情況如何？」

「嗯！和平常差不多。」

「等到十月左右，就要搬到醫院去住了……」舅媽平靜的說。

「大洪……不久會有社工來看小妹……」舅舅嚴肅的提醒著。

聽到社工要來的消息，大洪心情有些激動，但他只是默默點頭。這是他們早就知道的事，舅舅和舅媽為他們做了很多，甚至無期供應他們兄弟倆醫療與學費，沒有小孩的舅媽也一直將小妹視如己出，只是情況已經不允許了。

看著舅媽虛弱的扶著沙發，而舅舅疲倦的走進房間的模樣，大洪將已經到嘴邊的話硬生生吞回肚裡。

「那我們出門去倒垃圾了……舅媽妳好好休息。」

「好，那就麻煩你們了。」舅媽慈愛的微笑說。

出門前，大洪不忘戴上棒球帽，穿上薄外套，做好防曬準備。在玄關旁有面穿衣鏡，能將站立在門前的身影完全映照出來，大洪撇過臉，刻意避開自己鏡中的影像。

「小妹，走吧！」催促著還在幫小妹穿鞋的小洪，大洪壓低帽沿，提著兩袋垃圾率先走出了家門。

兄妹三人提著垃圾迅速下樓，巷口已有許多等待垃圾車的街坊鄰居，其中一位牽著小男孩的媽媽，看到大洪後，明顯露出混合著害怕與同情的表情。

「媽媽，那個大哥哥長得好奇怪喔！」身邊的小孩就沒大人那麼體貼了，直接用手比著大洪喊道。

「不要亂指！」小孩的媽媽趕緊向兩兄弟欠身，迅速帶著孩子離開。

大洪不自在的壓低帽沿，將臉上的紅腫傷疤隱藏在陰影中。

「有什麼好看！」大洪正想大聲抱怨，小洪趕緊將手搭在哥哥肩上，提醒他保持冷靜。等那對母子走遠了，大洪才賭氣的踢著一旁的電線桿。

「可惡！有這麼稀奇嗎？」

他到現在還不習慣自己已經改變的外表，尤其被陌生人盯著瞧時，更是讓他渾身不自在，只希望傷疤能盡快褪色，越不顯眼越好。

「哥哥？」看到哥哥一臉不悅的模樣，洪小妹擔憂的仰著小臉問道。

「沒事啦！走吧！」大洪深吸了幾口氣，提醒自己要做好弟妹的榜樣，他回頭對著妹妹露出微笑。

丟完垃圾後，他們趕緊沿著人行道遠離巷口閒聊的人群。

「哥哥，今天要去看媽媽嗎？」小妹期待的問道。

「今天不去。」大洪接著說：「今天療養院要做定期消毒，所以不開放訪客喔！」

「我們不是訪客，我們是媽媽的小孩耶！」

「小孩也不行喔！」

「喔……」洪小妹難掩失望的表情。

「下個星期就可以去看媽媽了，忍耐一下吧！」

「嗯！」

「為了補償妳，哥哥帶妳去公園玩好不好？」

聽到可以到公園找朋友，小妹收起失望的情緒，一馬當先的歡呼著跑向前。

「耶！走快點啊！」小妹玩心大發，一到公園，馬上往兒童遊樂區奔跑過去，不一會兒功夫，就和盪鞦韆附近的小朋友們打成一片。反觀大洪和小洪，這對兄弟沉默的坐在遊樂區旁的長椅上，一點也不像他們那年紀的青少年，陰鬱的

兩人只有在小妹向他們揮手時，才會露出笑容。

「十月……」大洪彷彿在向小洪說話一般，又彷彿是自言自語的低聲說著：「喂！這樣下去，小妹就要被送走了。」

小洪嚴肅的點頭。

「怎麼辦？舅舅和舅媽已經幫我們很多了……」大洪繼續說：「如果我們有錢，或許就可以幫小妹請保母，舅媽也可以安心養病，得要想個辦法才行……」

公園裡遊玩的小妹看起來就和一般的孩子沒兩樣，看不出家庭遭遇變故，而兩個哥哥正為了她的事煩惱著。此刻是下午三點，不遠處，還有打扮時髦的青少年聚集在水泥廣場上玩滑板。看著那些滑板男孩，大洪不禁惆悵的回想起一年前，自己也和那些少年一樣，有父母當靠山，生活無憂無慮，每日只要想著如何耍出更厲害的扯鈴技巧就好了，還有爸爸在身邊，隨時提醒他該怎麼做。

他們的父親曾是著名的扯鈴教練兼國中數學老師，而媽媽則是學校的行政人員，同樣都是扯鈴選手的夫妻倆，鶼鰈情深的生活羨煞眾人。

他們從小跟著父母學習扯鈴，直到半年前，一場電線走火引發的意外燒掉了

他們家，也奪走了父親的性命，母親雖然帶著小妹外出，沒有受到波及，但也因打擊太大，失去了神智。

大洪的臉部與上半身，留下二度燒傷的痕跡，燒傷波及頭皮，所以他右半部的頭皮長不出頭髮，從那時起，他就一直維持光頭造型。而小洪的外表雖然沒有明顯傷痕，但手臂與手掌也有些微傷疤，加上吸入過多濃煙，他的聲帶受損，至今嗓音依舊低沉沙啞，講起話來很吃力。那場大火吞噬了他們的一切，唯一找到的是那座焦黑的獎杯，大洪把它當作父親的遺物，寶貝的放在書桌前。

公園裡，除了孩童的玩鬧聲，還夾雜著主婦們討論菜價的聲音，綠草如茵的午後，不時隨著微風飄來樹木的味道，大洪仰望天空，幻想自己可以成為白雲，沒有傷痕，沒有煩惱。就在他沉浸於假日悠哉氣氛時，一個粗重的嗓門打斷了他的妄想。

「喂！你們認不認識這附近姓洪的小孩啊？」

一名穿著大紅色夏威夷襯衫和黃色海灘褲，腳踩藍白夾腳拖，滿頭亂髮，一臉鬍渣，手拿香菸的大叔，正用分貝極高的音量詢問那些帶著孩子的主婦們。在

他身後，跟著兩個看起來又窘又糗的少年，其中身材較瘦的那個，不時推著黑框眼鏡，顯得焦躁不安。就在大洪心想，這三個人與社區的小公園真不相搭時，中年大叔突然轉過頭來，剛好與他四目相對，而大叔竟然露出喜出望外的表情，彷彿發現了寶物般向他走來。

「喔喔！真是踏破鐵鞋無覓處，得來全不費工夫！」大叔熱情的說：「你是大洪吧？」

「喂！你是誰啊？不要叫得那麼親熱！」大洪不悅的問。

但大叔好像沒聽到大洪的反駁，突然一把上前，不顧大洪一臉錯愕的表情，熟稔而熱情的擁抱著洪家兄弟。那兩名又窘又糗的少年，更是一臉無奈的看著這一幕。

「喂！放開啦！」大洪邊掙扎邊問道。「你到底是誰啊？」

「我是黃叔叔啊！我找你們找的好辛苦啊！」

大洪驚恐萬分的瞪著眼前詭異的大叔，一心只想快點從這瘋子手中，救出也被熱情擁抱搞得莫名其妙的弟弟。

02 文武雙「實」

假日的公園依舊響徹著兒童歡樂的嬉鬧聲，只是在盪鞦韆旁，卻有幅格格不入的畫面吸引了不少人們側目。

一個穿著大紅襯衫的大叔，抱著兩個奮力掙扎的少年，彷彿是找到了分散多年的親人，對方卻不肯認親的情況。正在鞦韆下玩捉迷藏的小妹也注意到了，她看到最重要的兩個哥哥被陌生怪人抓住，便迅速拋下友伴們，火速趕往哥哥們身邊。

「你是誰！快點放開哥哥！」洪小妹緊緊抓住怪叔叔的腿，憤怒的用童音威脅著。

站在一旁顯得不知所措的兩個男孩，也露出不好意思的表情對中年大叔說：「爸，你快點放開他們啦！」

戴著眼鏡，一臉斯文的男孩冷漠的說：「他們根本不記得你了。」

「不記得我啦？」大叔訝異的放開一臉驚嚇的洪家兄弟。

「這也難怪，你們那時都還小，而這小妮子根本還沒出生呢！」襯衫大叔將注意力轉到蹦出來的洪小妹，讓小妹害羞得躲到哥哥身後。

「我是黃叔叔啊！你們老爸的拜把兄弟……我搬了很多次家，和你爸失聯了很久。」一提起過逝的洪爸，黃叔叔露出失落的表情。

「最近才從朋友那聽說了你們的事……」放開了大洪後，黃叔叔仔細端詳著大洪的臉，感慨的說：「我看看……哇啊！好明顯的傷痕……」

大洪羞愧的低下頭，竭力想避開視線。

「哪位黃叔叔？我沒有印象啊！」

「你看……」

自稱是黃叔叔的人從口袋中掏出了張泛黃的相片。

「其實我也擔心可能會認不得你們，畢竟都過了十年……所以就把這照片翻出來了。你看，這不就你們嗎！」

泛黃的照片上，有四個可愛的小男孩正拿著兒童扯鈴，大方的對著鏡頭擺姿勢。而站在小男孩身後，用寬闊的胸膛環抱著他們的男子，大洪一眼就認出那是年輕時的爸爸，而小男孩就是童年時的自己和弟弟。

照片上的另外兩個小男孩，其中一個戴著眼鏡，另一個濃眉大眼，露出缺了

顆門牙的天真笑容，大洪只覺得眼熟，卻沒有印象。而站在年輕的爸爸身旁，穿著花襯衫的邋遢男子，肯定就是眼前這名中年大叔。

「認出來了嗎？」

黃叔叔指著身後那兩個十幾歲的少年說：「照片上的那兩個小鬼頭，就是你眼前的這兩個啊！」

大洪歪著頭，困惑的看著眼前相貌相似的男孩。

「你不記得啦？」

斯文的男孩推了推鼻梁上的眼鏡，表情神氣的說：「我是黃曉雙啊！你以前都愛嘲笑我是四眼田雞！」

「我是曉實！」另一個男孩對一直沉默的小洪說：「小洪！我們兩個以前最喜歡偷藏我哥的眼鏡了！」

被這麼一提醒，小洪突然瞪大了雙眼，露出開心的笑容擁抱曉實，並發出了低沉又沙啞的聲音：「阿……咳咳……實……咳咳……」

「我想起來了！」

「文武雙『實』！」大洪和曉雙突然指著彼此，異口同聲的說道。

四個少年瞪大了眼睛，確認了彼此後，突然又叫又跳起來，連盡量保持沉默的小洪都發出了奇怪的笑聲。

「哇哈哈！四眼田雞，你長高了！」

「大洪你也是啊！還有不要叫我四眼田雞！」

「小洪，你的聲音變得好奇怪喔！」

「哈哈哈！咳！咳！咳！」

「我還記得，如果不是因為黃媽媽極力反對的關係，你就會叫曉全，而我們湊在一起，就是文武雙全了！」大洪一改先前的冷漠態度，熱情的對個頭較壯的曉實說。

「沒錯沒錯！因為老爸們的感情太好了，連小孩的名字都想玩接龍！」曉實也熱烈的回應大洪，並接著說：「不過黃媽媽現在要改口叫張阿姨囉！」

「張阿姨？為什麼？」在大洪的印象中，黃媽媽是個強勢的阿姨，小時候的他最怕與她相處了。

「因為我媽早就和我爸離婚了，我們現在跟著媽媽住，偶而才會和我爸一起出來。」

曉雙推了推眼鏡，面對大洪訝異的表情，一臉成熟冷靜的分析著：「這沒什麼好驚訝的，台灣現在的離婚率是全世界第三名，平均每十分鐘就有一對夫妻離婚。那表示許多人根本沒有考慮清楚就結婚，婚後才發現對象並不適合自己，如果有了小孩就更麻煩了，現在都已經進入個人時代，我未來也不打算結婚。」

「唉……小孩子講話怎麼這麼現實……」黃叔叔無奈的摸摸鼻子說。

「只是實話實說而已，我畢竟是個考生，掌握時事是致勝的關鍵。」曉雙依舊冷靜的推著黑框眼鏡說。

不理會一板一眼的兒子冷漠中帶著批判的語氣，黃叔叔關心的問：「喂！大洪啊！你臉上啊！頭上的疤是火災留下來的吧！」

因為剛剛的擁抱，大洪的棒球帽掉在地上，露出了他帶著傷疤，光禿禿的淡紅色額頭。

這才發現帽子掉在地上，大洪露出狼狽的神色，趕緊撿起來戴上。

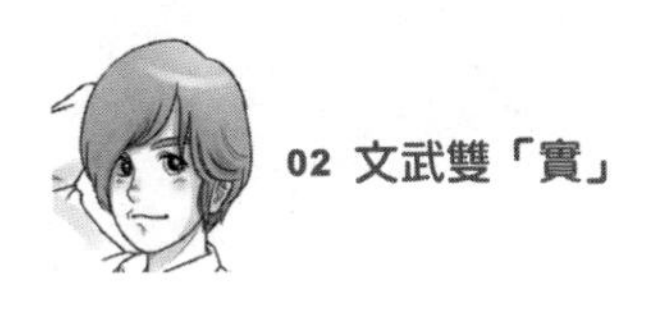

「沒關係，哥兒們，你還是和以前一樣帥！」曉實就像小時候般直接又活潑的舉起大拇指說。

曉雙則推著眼鏡，冷靜的用他的方式安慰大洪。

「根據科學研究，燒傷的傷疤妥善照顧，將會在一到兩年內逐漸淡去，加上移植皮膚的手術，可以讓顏面回復到八成以上，放心吧！大洪，就像阿實說的，你和以前一樣帥。」說到最後一句話，曉雙還試圖露出關懷的微笑，但因為曉雙看起來太過精明，看在旁人眼裡，反而有點像是在算計的奸笑。

感受到童年好友們真誠的關心與安慰，大洪和小洪紛紛放下心中的大石。他們已經接受了太多或憐憫或排斥的目光，能夠被當作平常人，感覺反而很輕鬆。

「即使你一直是這個樣子也沒關係，重要的是人平安就好……」黃叔叔感慨的問：「那小洪呢？喂！小洪從剛剛開始就不說話，怎麼啦？我看你沒有什麼傷啊？」

意識到眾人的目光轉向自己，小洪靦腆的傻笑著，眼神投向大哥尋求協助。

「叔叔……我弟弟小洪他……」

注意到小洪的求救訊號，大洪馬上擔任小洪的發言人，他說：「小洪因為火災時吸入太多濃煙，聲帶受傷，現在還在休養中，所以他盡量不說話……」

黃叔叔無言的看著小洪，少年露出尷尬的笑容，只希望大家的注意力能快點轉移。

「竟然……竟然會發生這種事……嗚……太難為你們了……」聽到洪家兄弟倆的傷勢，黃叔叔不禁難過的哭了起來。

「那小妹妹呢？」

「小妹很好！」看到黃叔叔竟然在哭，大洪趕緊安慰他。

「火災時，她和媽媽一起出門了，沒受到波及。我們現在住在舅舅家，舅舅和舅媽對我們都很好……」

「對了，大嫂呢？」黃叔叔抹了抹鼻涕問道。

「你是指我媽嗎？」

「對啊！洪哥過世了，大嫂一定很難過，他們感情那麼好……」

「媽媽她因為打擊太大，現在什麼人都認不得了，住在療養院裡……」一提到媽媽的情況，大洪不禁沮喪的說。

「療養院？怎麼會！那麼有活力的人……」聽到洪媽媽的狀況，黃叔叔露出難以置信的表情：「改天帶我去探望她吧……」

「嗯……」

原本因為見到青梅竹馬而開心的洪家兄弟，一提起媽媽，表情明顯黯淡了下來，看到他們的失落，黃叔叔趕緊安慰說：「不過你們兄妹三人能在一起就好了，還好沒有被分開收養！」

「老實說。」提到這件事，大洪與小洪又露出了落寞的神情。「可能快要不行了……」

「什麼意思？」

「小妹……」

大洪無奈的摸著小妹的頭說：「其實，收養我們的舅媽現在正在做化療，年底就要住進醫院了，到時候小妹就沒有人照顧。舅舅決定將小妹送到中途之家，

說那樣，小妹也會有比較好的資源和機會……」

黃叔叔和兩個兒子無言的聽著，難以想像經過了火災與喪父，洪家的厄運竟然還沒結束。

「剛剛我才和小洪商量，如果我們自己有錢請保母，或許就可以繼續和小妹住在一起了。」大洪垂頭喪氣的說。

「缺錢啊……這的確是很現實的狀況。」

「而且你們都還未成年，不要說打工了，自己都還需要被人監護。顧學業都來不及了，何況你們也還需要花時間繼續復健吧？」曉雙俐落的分析著。

大洪點點頭，無奈的說：「我也有想過，送養小妹……或許對小妹真的比較好，畢竟……」大洪不禁哽咽起來。

「舅媽身體虛弱，自從收養了我們，舅舅的負擔也變重了，雖然一開始舅舅也很希望能讓我們兄妹三人住在一起，但現在……」

「嗚……嗚……」還沒聽大洪說完，黃叔叔已經哭得不成人樣了。

「爸，拜託你不要哭得比人家還難過。」曉雙受不了的說。

聽到兒子的提醒，黃叔叔才收斂許多，只發出微弱的嗚咽聲。

「但我還是想和小妹一起生活，不想和她分開，畢竟……」

大洪和小洪兩人對望了一眼，艱難的繼續說：「畢竟，我們不想再失去家人了……」

「嗚……嗚……我能理解……」聽完大洪的話，黃叔叔原本已經止住的淚水又開始流了起來，甚至還更加氾濫，引起兩個兒子無奈的白眼。

「保母費啊……」曉雙說。

「嗯！只要能請保母，小妹就不用去中途之家了，大概吧……」大洪說。

「有什麼可以賺錢，又不需要花時間的方法？」

「申請補助？」

「有問過了，因為不符合申請條件，所以社工姐姐建議將小妹送養……」

「走私？」

「不要亂出餿主意。」曉雙不滿的反駁自己老爸。

「你就是老是這樣幼稚，才會被媽媽甩掉！」

「唉！現在的小孩都不懂的敬老尊賢了……」黃叔叔無奈的看著比自己老成許多的兒子。

「我也只是說說，想緩和一下氣氛嘛！」

「你那個叫不懂看氣氛！」

「還有其它方法嗎？」

「嗯……」

四個男孩與一個大男人，雙手抱胸的在長椅旁埋頭苦思，不明所以的洪小妹困惑的看著他們，猶豫著是否要回到遊樂場，繼續剛剛的捉迷藏。

「有了！」黃叔叔突然打破凝重的沉默說：「喂！我說你們啊！要不要去參加這個。」

他興致勃勃的從口袋中掏出一張皺巴巴的紙來。

大洪接過一看，發現上面是扯鈴比賽的宣傳廣告，紙上用斗大的粗黑字體印著《新世紀扯鈴大賽，等你來挑戰！》。

「這是餐廳的熟客給我的，如何？洪哥年輕時可是全台有名的扯鈴好手，炙

手可熱的程度是你們這些還沒出生的小鬼無法想像的！」黃叔叔彷彿在說自己的功績般得意。

「我和他就是在雜技比賽上認識的！我記得你們還很小的時候，他就教你們扯得一手好鈴了，怎麼樣？現在應該也不差吧？」

「可是我們有半年沒碰鈴了，自從爸爸過世後，我們一直在做復健。」大洪甚至還有過放棄扯鈴的念頭，畢竟一拿起扯鈴，就會懷念起爸爸。

「那有什麼關係，現在再練不就好了？」黃叔叔不以為然的說：「你們就報個單人加上團體，來個雙料冠軍！」

「可是這上面只有比團體賽耶！而且還要有三個人以上才能組隊參加……」大洪接過傳單認真研究了一會。

「我和小洪因為療傷，分別都留級了一年。加上搬到舅舅家，轉學之後，以前比較要好的同學都分開了，到哪去找另外一個會扯鈴的人呢？」

「這邊不就有了？」

黃叔叔將曉實往前一推說：「曉實可是縣運的羽球選手耶！練個扯鈴應該很

容易上手吧？」

「我來？」曉實不可置信的眨著雙眼問道。

「有何不可？」

四個少年瞪大了眼睛，因為這個提議實在太出乎意料了，一時之間誰也說不出話來，只有黃叔叔為自己的機靈沾沾自喜著。

但震驚過後，大洪卻開始認真思考起這個提議的可能性來了。

03 代理隊長

喀啦！喀啦！不知道是第幾次，曉實又將扯鈴摔到了水泥地上，發出清脆的聲響。

青梅竹馬的四個大男孩再次聚首，才知道自從父母離婚，雙實兩兄弟與媽媽同住後，就搬到距離洪家兄弟的舅舅家僅隔一個里的社區定居，公車坐幾站就到了，他們甚至可以說是鄰居。

為了練習扯鈴，趁著放假的空檔，他們聚在彼此住處附近的公園廣場做練習。廣場中央有個圓形台階，經常被拿來當作假日舞台使用，空曠的水泥地很適合做各種練習，是許多運動團體都喜歡的地點。

「這個動作最重要的是雙手得要均衡施力。」

大洪做了個「大鵬展翅」，優美流暢的姿勢，顯示他的傷勢已經癒合的差不多，而他也不負名教練長子的美譽，俐落的示範讓小洪和曉實都看傻了眼，忍不住鼓掌起來。

「這可是最基本的，厲害的還在後頭。」

聽到掌聲，大洪忍不住笑了起來：「改天再示範給你們看，今天先看曉實的囉！」

「我試試看。」

公園的感人相認一結束，大洪馬上和曉實商量組隊，而曉實更是二話不說，爽快的答應參賽。

大洪回想著過去爸爸訓練學生的方法，耐心教導久未玩扯鈴的曉實。剛開始，曉實只能扯空鈴，但不愧是運動神經發達、反應靈敏的體育健將，在大洪的教導下，不到一個星期，曉實已經能流暢的耍出「大車輪」、「金龍繞柱」等中級招式，現在正在練習「旋風金勾」與「跳繩拋鈴」等高級技巧。

「拋鈴之後，雙手一定要伸直，把線拉緊，才能確實接鈴。」

曉實聞言，馬上再練習一次，運動神經發達的他一個轉身就抓住了絕竅，順利完成招式練習。

大洪滿意的看著自己新收的徒弟，開始覺得比賽賺取獎金的計畫或許能夠成功。

黃叔叔提議的那場扯鈴比賽是由當地遊樂園舉辦，而遊樂園為求創新，特別

在團體賽的人數限制上做了彈性變動。

原本傳統的扯鈴團體賽，一隊必須有八人，而這場宣稱追求創意的比賽，竟然三人以上即可報名參加，且獎金金額遠遠比過去舉辦過的扯鈴比賽都還要來得高。

為了得到獎金，大洪決定使出渾身解數，設計出即使只有三個人，也能拔得頭籌，獲得名次的團體招式。

「喂！你們佔到地方了，要玩小孩子的玩具到一邊去，把地方讓出來！」

正當大洪思考著如何安排新隊形與招式，達到出奇制勝的效果時，一群穿著寬鬆格子襯衫和垮褲，溜著滑板的高中生突然出現在廣場中央，其中幾個還特意繞著廣場滑行，將他們團團包圍住，強勢的中斷了小洪與曉實的練習。

「好俗喔！現在還有人在玩那種東西啊！那個叫什麼來著？」一個穿著繽紛緊身褲，留著大波浪捲髮的女孩輕蔑的問。

「滾輪？」

「又不是老鼠，你好笨喔！哈哈哈哈！」

「那肯定是溜溜球，還是加大版的溜溜球！」一個看似帶頭的高中生，看到女孩被逗笑了，更是刻意諷刺的說。

「這叫扯鈴！」

身為隊長，大洪知道自己有義務保護弟弟們和練習場地。他耐著性子解釋，並試圖與對方講道理。

「而且是我們先來的，這個廣場又沒有寫名字，憑什麼要讓給你們。」

「就憑我們是高中生，你們只是國中生，怎麼樣！」帶頭的高中生挑釁的伸手打掉了大洪的棒球帽。

「啊！」

「好醜喔！」

看到大洪光禿禿的頭皮與臉上的傷疤，高中生們個個面露驚駭表情。

「天啊！我要是長的像他一樣，一定不敢出來見人！」

「那是燒傷吧？」

聽到對方的譏諷，小洪和曉雙紛紛露出不滿的表情，但礙於對方人多勢眾，

也不敢輕舉妄動。

「是燒傷。」

只見大洪強忍著怒氣，彎腰將帽子撿起戴好。

和高中生打架，他可不敢保證一定會贏，而且打架也必須冒著被記過處分的風險，他只好嘗試繼續「溝通」。

「我們一大早就來了，打算練到下午，你們可以到湖邊的空地去啊！」

「我爸說，那一定是上輩子造孽，這輩子才會受這種苦！」那些高中生完全不理會大洪，繼續嘲笑他的傷疤。

「不要說了啦！好可憐喔……」

「喂！醜八怪，你爸一定也長這個樣子，對吧！哈哈哈哈！」

「你說什麼！不關我爸的事！」

原本想息事寧人的大洪，聽到譏諷自己父母的話，理智線瞬間崩毀，也不管打不打的過，他捲起袖子就想叫對方道歉。

「幹什麼？想打架啊？」高中生俯視著比他矮半個頭的大洪，不屑的說道。

「不要鬧了啦！人家只是小孩子而已……」

「現在的白目小孩那麼多，就是要讓他們知道厲害啦！」

「把你剛剛說的話收回去！」大洪激動的抗議著。

小洪和曉實也跟著舉起扯鈴棍，打算隨時支援哥哥。

眼見人單勢弱的國中生們竟然不打算讓位，甚至還很有骨氣的反抗高中生，滑板少年們也萌生了退意，但狠話已說出口，帶頭的高中生不想在同伴和女孩子面前「漏氣」，他乾脆一股作氣，舉起滑板朝大洪打去。

「死小孩！看我怎麼教訓你！」

大洪直覺舉起右手阻擋，雖然順利擋住滑板，卻在後退時腳底一個踩空，摔下台階，撞上了水泥砌成的銳利邊緣。倒在台階下的大洪，右手出現大片擦傷，長袖襯衫上也沾滿了血跡。

「喂！他流血了，快點閃人啦！」

高中生們眼見苗頭不對，趕緊溜著滑板一哄而散。

大洪躺在冰冷的水泥地上，試著想爬起來，卻覺得右手又痛又燙，彷彿回到

火災事故那天。

他勉強站起來後，小洪與曉實擔憂的趕到他身邊。

「大洪！」

「哥！」

「我的右手，好痛！」

他們驚慌失措的連絡了舅舅和黃叔叔，在前往醫院的路上，大洪一邊懊惱自己的衝動，一邊祈禱只是皮肉傷，還得安慰哭的比自己還傷心的黃叔叔。

「骨頭裂開了。」穿著白袍的醫生說：「得上石膏固定，不過要先等擦傷都復合，今天先住院觀察一天，明天就可以出院了。」經過緊急處理後，醫生向他們嚴肅的宣布著。

「大概多久會好？」舅舅擔憂的問。

「一到兩個月吧！」

「那怎麼來得及，這樣就趕不上比賽了！」大洪焦慮的說。

「這時候還想什麼比賽！」舅舅責備的說道：「唉……怎麼會這樣呢？一個傷才要好，現在又多了一個傷，早知道就不要答應你們參加什麼扯鈴比賽了。」

心知又給舅舅添麻煩了，大洪愧疚的低著頭，不敢看舅舅的眼神。

「唉……反正都這樣了，你也不要想太多了，安心休息吧！」察覺到大洪心思的舅舅，也沒法再狠心責備。

「等等黃大哥說會帶兒子來看你，那我就先回去了……」

雖然才認識一個星期，但黃叔叔已經和舅舅相處融洽，似乎在洪爸生前，舅舅就有所耳聞黃叔叔的事，所以對他很放心，還請他先帶小洪去吃飯。

大洪躺在醫院病床上，目送舅舅疲倦的背影離去。

他知道，此時舅媽和小妹肯定也焦慮的在家中等待消息，而自己為了逞一時之快，卻傷害了身體與家人，還打破了難得的希望，他們接下來該怎麼辦？還能參加比賽嗎？

開門的聲音打斷了他的思緒，是小洪領著黃叔叔和雙實兩兄弟走進病房。

「唉呀！怎麼會這樣……嗚……嗚……」黃叔叔還沒走進病房，就已經哭成了淚人兒。

大洪自己也很想哭，但黃叔叔一哭，他反而沒那麼在意自己的處境，而開始想安慰他了。

「爸……」曉雙似乎也有類似的想法。

「你哭得比大洪還傷心，這樣他反而得要安慰你了！」

「對啊！」

曉實也跟著說：「你克制一點啦！」

「嗚嗚……我就是忍不住……你們怎麼這麼倒楣……那些溜滑板的小鬼要是讓我碰到……嗚嗚……我一定要狠狠的修理他們！」

「以暴制暴，那就跟他們一樣了，而且那是犯罪行為。拜託你也為我們的未來想想，如果有個前科老爸，那我以後要怎麼找工作？」曉雙冷靜的提醒著。

「都怪我不好……」大洪難過的說：「如果不是我那麼衝動……」

「才不是！」

曉實激動的說：「我們都知道，在那種情況下，任何人都會生氣的！而且先動手的是他們！」

「謝謝你，阿實……」大洪感激的說。

「那現在怎麼辦？」

曉雙推著眼鏡，他腋下夾著今年基測的考題，絲毫不放過任何複習的時間。

「這樣就還差一個人，還好，報名表還沒交出去。」

「我們可能得放棄了……」大洪愧疚的看著小洪和曉實說。

「不行，錯過這個比賽，哪還有這麼好的機會賺錢？」曉雙意外的認真看待這件事。

「那……要去哪找人？」

「把田徑隊的阿龐找來如何？」

「阿龐只對賽跑有興趣，這種民俗技藝他應該不想參加。」

「那我加入！」

「爸！你不要來亂啦！這有分年齡的，你要參加就自己去參加社會組啦！」

被拒絕的黃叔叔只好繼續亂出餿主意，大夥又七嘴八舌的討論起對策來。躺在病床上的大洪感覺紅腫的右手持續傳來刺痛，更加深了他的後悔，除了放棄，他們還能怎麼辦呢？

他茫然的看著正在爭論的曉雙，突然靈機一動。

「喂！四眼田雞！」

「幹嘛？」已經習慣大洪無禮對待的曉雙直覺回應道。

「我記得，以前你好像曾經耍出過『運三鈴』喔？」

大洪說的是小時候，他們四個人還玩在一起時，洪爸因為好玩而訓練他們兒童扯鈴。那時，順利完成高階技巧「運三鈴」的，只有曉雙一人，他甚至還成功挑戰了「運四鈴」，堪稱扯鈴神童！而大洪話才說完，也喚醒了其他人的記憶，他們紛紛向曉雙投以期待的眼神。

「那都已經是幾百年前的事了。」曉雙不以為然的說：「而且那只是巧合，我後來就再也沒成功過。」

「而且我記得你會跳芭蕾。」

「只練了兩三年！」曉雙最不願回想起的，就是穿緊身褲和一群女孩跳舞的日子。他後來沒繼續練舞，卻被男同學們排擠，還被叫做「娘娘腔」，他認為那是自己人生中最大的恥辱。

「拜託了！」

大洪渴望的說：「我相信你，如果是你，一定馬上就能練成。你來當隊長，代替我參加比賽吧！」

「你這是在妄想！」

曉雙激動的反對著：「我已經很久沒練扯鈴了！而且我還要準備考試，哪有時間陪你們玩啊！」

「我們不是在玩！」大洪受傷的反駁道。

「抱歉……我不是故意的。反正不可能就是不可能，你們快點再去找其他人吧！」

雖然曉雙激烈抗拒著，但大洪相信自己的預感是正確的，他可是名教練的兒子，也當過許多次小助教指導初學者，四眼田雞雖然看似體弱，但優雅柔軟的身

段和斯文細膩的氣質正適合耍扯鈴。扯鈴是具有舞蹈節奏的民俗技藝，需要細心與耐心鍛鍊技巧，還要能柔軟有彈性的做表演，粗獷的運動男兒玩起來反而不好看。

感受到眾人期待目光的曉雙心中暗覺不妙，趕緊再次聲明立場。

「別看我！我不可能答應！」

即使曉雙這麼說，但大洪深知童年好友的個性，他有自信能說服曉雙，讓他同意當代理隊長，而且除了曉雙，他也不知道可以找誰幫忙了。

04 泛黃的照片

大洪如期出院了，右手裹著石膏的他被小妹關注了許久。他必須再三向小妹保證，自己不會因為裹著奇怪的白色石頭就死掉後，才不用每天一早醒來，就在床邊面對小妹淚眼汪汪的模樣。

這天，大洪依照約定，帶著興致勃勃的黃叔叔和雙實兩兄弟，乘著黃叔叔破舊的老爺車，一群人浩浩蕩蕩的前往郊區市立療養院。一路上，因為能見到久違的媽媽，洪小妹開心的坐在小洪腿上唱兒歌，還強迫坐在左右兩邊的哥哥們幫她伴奏，整個車內都感染了小妹的歡樂，只有曉雙嚴肅的坐在前座看參考書，不願加入他們。

「太陽當空照，對我微微笑。他笑我，年紀小……將來做個大英豪。」

「阿雙，你也跟我們一起唱嘛！」

大洪邊用可以自由活動的左手拍打大腿製造節拍，邊邀請嚴肅的好友加入，而一旁的曉實則吹著口哨配音。

「對啊！阿雙也一起唱！」洪小妹用可愛的童音模仿大洪說話。

「那可不行，即使只有短短五分鐘，我也要把握背單字的時間，可沒閒工夫

陪你們！」

「可是你都要陪我們去療養院了，就好好放鬆一下啊！」大洪不解的問。

「那可不一樣，我也很久沒見洪媽媽了。」曉雙懷念的說著：「我還記得，洪媽媽都會做布丁和餅乾招待我們，既然她現在身體狀況不好，去探望她也是應該的。」

「你一點都沒變，還是那麼一板一眼呢！」大洪佩服的說完，盡責的回到配樂行列中。

就在他們唱得正高興時，轟隆轟隆的聲音突然出現，接著是噗哧撲哧，然後他們就停在路中央了。

「怎麼了？」

「發生什麼事？」

大家驚恐的爭相詢問著，只見黃叔叔尷尬的摸著頭，不好意思的說：「拋錨了……畢竟這輛車老到可以做你們爺爺了。好吧！大家都下去推車吧！」

聽到這話，四個男孩不可置信的瞪大了雙眼。

說。

「推車？」

「對啊！就是推車，你們不推的話，我們就會被困在這囉！」黃叔叔無奈的說。

聽到這話，少年們只好乖乖走下車，黃叔叔則坐在駕駛座上努力發動引擎，小妹從後車窗回望著少年們，一點都不偷懶的賣力為哥哥們加油。

當大家走到車後，把手放在後車廂上準備使勁推時，大洪突然回憶起童年帶領三個夥伴合力惡作劇的趣事，他不禁覺得推車也沒什麼不好的，甚至有些好玩起來。

「我數一、二、三，就一起推！」大洪沉穩的下著口令。

「喔！」三個少年異口同聲的回應著。

「一、二、三、推！一、二、三、再推！」

四個少年七隻手，默契十足的跟著大洪的指令奮力向前推，老爺車逐漸動了起來，開始在路上緩慢滑行著，樂得小妹在後車座又叫又跳。

「阿雙，你還記得有一次……」大洪邊使勁吃奶的力氣推車，卻還記得把握

機會，邊從牙縫中擠出話來說服好友。「我們不小心弄髒了你媽的新衣服？」

「記得，那次要不是你媽幫我們求情，我們就會被抓起來狠狠修理了，還好最後只是罰站了事。」曉雙渾身是汗的回應著。

「我覺得只要和你們在一起，每件事都會變得很好玩，就像現在這樣。」大洪看著另外兩個弟弟努力的模樣說：「難得我們又可以一起玩了，如果我們都參加比賽，一定很有趣。加入我們吧！」

「我可一點都不覺得好玩！」曉雙覺得自己的腳快要抽筋了，他咬牙切齒的說。

「這老爺車可真重！」

「但你也同意，只要我們合作，任何事都難不倒我們吧？」大洪爽朗的問。

雖然曉雙故意漠視大洪的話，但大洪也注意到他並沒有反駁，暗地認為說服曉雙的機會越來越大了。

就在他們覺得吃奶的力氣快要用盡時，終於聽到汽車引擎發動的聲音，同時漸漸感到老爺車越來越輕，而當老爺車又靠自己的力量移動起來，四個滿頭大汗

的男孩既開心又得意，索性不顧形象，並排坐在地上大笑起來。

直到黃叔叔對著他們招手，示意他們上車時，大洪才率先站起來，他對曉雙說：「你看，就跟我說的一樣，一切都很順利！阿雙。」

他將左手伸向曉雙，打算拉他一把。

「加入我們吧！一起玩扯鈴，只要我們合作，我們一定能像以前一樣，所向無敵！」

曉雙無視大洪的手，自己站了起來。

「你說什麼都沒用，我打算專心準備考試。」他冷淡的說完，逕自走向老爺車。

望著曉雙堅定拒絕的背影，大洪苦思著還能用什麼辦法說服他，卻又了解自己必須讓好友有考慮的空間，而這些說服人的技巧，可都是以前黏著爸爸學到的呢！

他們再次坐上了老爺車，向著原定目的地出發。

「老爸，我拜託你不要再搞這種意外了，好不好？」曉雙抱怨道：「很恐怖

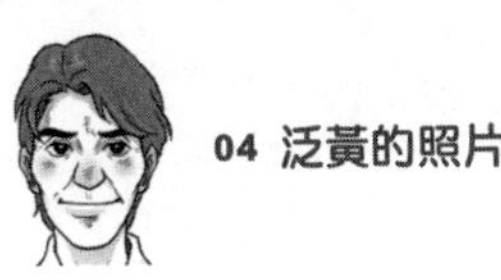

耶！」

「對啊！如果一直發不動，難道要我們推到山下嗎？」曉實也不滿的說。

「頂多就叫拖吊車嘛！你們真是愛大驚小怪。」不顧孩子們的怨言，黃叔叔樂觀的說：「還好是載你們的時候拋錨，如果只有我一個人，那就真的只能叫拖吊了。哈哈哈哈！真是幸運！」

聽到黃叔叔這番隨興的話，他的兒子也只能在後座翻白眼。

一個小時的車程後，他們順利來到紅磚建成的療養院。

大洪看著那間位在山腰的建築，感慨的發覺自己越來越熟悉這個地方，但他可不想成為長期訪客啊！

「我從來沒來過療養院，原來長這個樣子啊！」進到接待處後，曉實好奇的東張西望著。

「我第一次來的時候，也很好奇都住些什麼人。」大洪說。

「不就是一些老人嗎？」

「那可不一定哦！依照每間療養院的服務項目不同，入住的人也會有所不同。」曉雙推著眼鏡回答，為了探訪洪媽媽，認真的他早就上網查過療養院的資訊。

「有些精神需要照顧的人也會入住，像洪媽媽……」曉雙的音量突然變小。但大洪不以為意的聳聳肩說：「我媽的精神需要療養是事實，別介意。」不像其他人展現出來的緊張或好奇，大洪熟練的向櫃檯辦了訪客登記。他用左手歪斜的簽下姓名，接著如識途老馬般帶領大伙沿著長廊來到庭院。

「我媽現在什麼人都不認得了，你們要有心理準備喔……」大洪邊走邊提醒眾人。

「放心，她肯定記得我！」黃叔叔期待的說：「以前我還沒結婚時，大嫂可是對我照顧有加，我們就像姐弟一樣親！」

大洪嘆了口氣，根據過去親友探望的經驗，他現在什麼都不敢保證。

大約三十坪大的院子裡，種了許多松樹，綠油油的草坪上，老人們排排坐在輪椅上，曬著暖烘烘的太陽打著鼾。

小妹興奮的拉著小洪跑向一個戴著大草帽，悠閒午睡的老婦人。

「咦?大嫂在哪?」黃叔叔東張西望的問，他等不及要把手上拿的點心和餅乾都送出去了。

「就在那啊!正在和小妹講話的就是媽媽。」

黃叔叔順著大洪的手勢看過去，驚訝的發現小妹和小洪圍著一名婦人聊天，但那位婦人一點都不像他記憶中的大嫂。

「那就是大嫂?」黃叔叔困惑的問。

「嗯!」

大洪來到婦人身邊，輕輕將餅乾放在她腿上。

「媽媽，我帶了餅乾給妳。」

婦人看也不看餅乾，只是輕輕摸摸洪小妹的頭。

「好乖、好乖。小妹妹，妳的爸媽呢?」

「哥哥，媽媽什麼時候才會記得我們?」洪小妹側著頭問大洪。

「我也不知道……」大洪老實回答，他試著向洪媽媽介紹黃家父子。

「媽媽，這位是黃叔叔，是妳和爸的老朋友喔……妳記得嗎？」

婦人一臉疑惑的來回看著眼前的陌生人們。

「嗚嗚……」看到婦人眼神渙散的模樣，黃叔叔開始啜泣起來。過去那個活力十足、精力充沛，應該只有四十出頭的老朋友，現在卻白髮蒼蒼，看似七十幾歲的老婦。

「大嫂，我是小黃啊！每年廟會辦桌的二廚啊！我們好久沒連絡了……」

婦人依舊茫然的盯著眼前邋遢的大叔，和黃叔叔的感慨形成極大反差。

「妳不認得我啦？」

「叔叔……很多媽媽的朋友來探望她，她都不認得了……」原本還抱著一絲希望，期待媽媽會記得黃叔叔，但看來期待又落空了。

大洪難掩失落的繼續介紹著：「這是阿雙和阿實。」

大洪又指著一臉詫異的雙實兄弟說道：「他們以前常來我們家玩，妳都會烤布丁給我們吃……妳還認得他們嗎？」

「阿姨好，我很喜歡妳做的布丁……」曉雙看著眼前的老婦人，不甚有自信的自我介紹著。

「我是曉實……」面對與記憶中完全不同的洪媽媽，曉實則顯得不知所措，只能勉強打個招呼。

「阿……阿姨好。」

「好好，好乖，好乖。」

婦人不改茫然臉色，無神的望著眼前的黃家兄弟。

看著沒有反應的媽媽，大洪決定嘗試其他方法。

他對黃叔叔說：「叔叔，之前跟你借的那張照片，可以給我嗎？」

「有有，我帶來了！別說借了，這張就給你，我自己有留底片！」黃叔叔趕緊擦擦眼淚，從背包中拿出相片來。

大洪感謝的接過那張爸爸們抱著四個小男孩的合照。

「我們所有的照片都付之一炬，還好叔叔你還保留了這張。」

大洪珍惜的將照片放在洪媽媽面前。

「媽，妳還記得這張照片嗎？」

大洪一一指著照片中的人介紹說：「這是我、小洪，還有阿雙和阿實啊！妳看，這是爸爸年輕的時候……妳有想起什麼嗎？」

婦人緊盯著泛黃的照片，大洪和小洪緊張的觀察著媽媽的反應。

她雙手顫抖，似乎一度想伸手接過相片，卻又突然別過臉，冷漠的說：「你是誰啊？真是沒禮貌的小孩，我不認識你！我還沒結婚呢！怎麼亂叫人啊！走開走開！真是的，走開啦！」

大洪絕望的收起相片，不知所措的站在原地發愣。

一旁的看護阿姨趕緊安慰失落的洪家兄妹說：「慢慢來，今天先這樣吧！」

「那……媽……我們先走了，改天再來看妳……」

大洪牽著小妹的手想帶她離開，但小妹卻緊緊抓著婦人的裙擺。

「我不要！我要留在這裡！媽媽！媽媽！」

面對小妹的哭訴，婦人卻毫不心軟，她用力撥開小妹的手罵道：「哪裡來的小孩，走開！」

「哇……媽媽！媽媽！」

被拒絕的小妹大聲哭喊起來，驚動了庭院裡其他居民，形成一陣恐慌，有的居民也跟著哭起來。突來的混亂讓小洪趕緊抱著小妹穿過庭院，往前門而去，大洪也急忙領著驚慌的黃家父子往出口方向走。

好不容易回到了接待處，大夥才鬆了口氣，跌坐在櫃台邊的沙發區休息，想辦法平復心情。

在小洪的安撫下，小妹終於停止了哭嚎，卻依舊啜泣著。

「洪媽媽……你媽……一直都這樣？」曉雙向同樣癱坐在身旁的大洪問道。

「嗯……我和小洪還在醫院時，她就被送到療養院了。從那時起，小妹就由舅舅照顧。」

大洪說：「阿雙……我爸曾告訴我們，他的夢想是得到雜技的世界冠軍。」

「雜技？」經過剛才的混亂，他們的心情明顯低落許多，曉雙無精打采的回應著。

「嗯……用扯鈴向世界各國的好手挑戰，向全世界推廣扯鈴。但是我爸一直

沒有實現心願，因為他選擇結婚生子，專心照顧家庭，退居幕後培育年輕的扯鈴選手……」

「喔……」

「我一定要實現爸爸的遺願！」大洪認真的說。

「阿雙！」大洪直盯著曉雙。

「你可能覺得參加這次的比賽，和世界冠軍是兩碼子事……」

「喔……嗯……」被大洪盯得渾身不自在的曉雙，敷衍的應了幾句。

「可是守護家人和完成夢想，成為家人的榜樣，都是我爸的遺願。如果小妹不在身邊了，那我得到世界冠軍也沒有意義。阿雙，如果你願意幫忙，我們一定可以一起得到冠軍，守住小妹！」

「你憑什麼認為我們一定會成功？」曉雙不安的反問：「我根本就不擅長運動……」

「我相信你！」大洪誠懇的看著曉雙。「我知道只要你答應了，你一定會努力做到好！那就是你的優點！」

「哥！」一直在旁沉默不語的曉實突然叫喊著。

「怎樣？」

「我也覺得你沒問題的。」

曉雙無奈的看著弟弟，說出自己拒絕的理由之一。

「就算我想幫忙，你覺得媽會答應嗎？我可是考生耶！」

「媽那邊就由我來想辦法。如果你加入，我們一定可以得獎，而且我們的默契本來就很好了，現在除了你，哪還有人有辦法，在這麼短的時間內和我們配合啊？」

大洪感激的注意到，聽了曉實的話後，曉雙終於露出了猶豫的表情。

當晚，黃叔叔帶他們到自己工作的海產店吃飯。海產店老闆知道了他們的故事，還特地端上一盤盤熱騰騰的菜餚請他們吃，餐桌上，四個發育期的少年狼吞虎嚥的掃光桌上所有菜餚。

大洪邊吃邊分心的思索著，如果曉雙拒絕了……那自己接下來能怎麼辦？才困惱著，鄰座的曉雙突然放下筷子，一副慷慨就義的表情，沉重的說：「我決定參加，算我一份吧！」

大洪驚喜的看著曉雙。

「阿雙！謝啦！」

「先別謝。」曉雙趕緊制止弟弟們撲到他身上，太過熱情的擁抱。

「我可不保證結果喔！」

「我相信你！」大洪一掃先前的陰鬱，他高興的說：「我們一定可以組成最棒的扯鈴隊！」

「好！」就在四個少年歡笑之際，黃叔叔爽快的說：「不愧是我兒子！有魄力！既然順利找到隊員了！就不枉費我費了一番工夫，為你們請來祕密教練！」

「誰？」

「這個先保密，給你們一個驚喜，等見到了，你們自然就會知道囉！」黃叔叔眨眨眼，神祕的說。

對於黃叔叔的「驚喜」，四個男孩你看我、我看你，心中有股不妙的預感。

05 傳說中的選手

當那名滿臉皺紋的老先生走到大家面前時，大洪幾乎要以為黃叔叔是在開他們玩笑。

自從公園事件後，人脈廣泛的黃叔叔就想辦法為他們商借了一個倉庫，讓扯鈴隊不論晴雨，隨時都能自在的練習，而大洪對曉雙的密集特訓也就此展開。

過沒幾天，黃叔叔兌現了要介紹教練的承諾。這天，當曉雙就如初學者般，第一百零一次將扯鈴摔得老遠，自己則靈巧的閃躲到另一頭，而小洪與曉實順利完成一個接一個新招時，黃叔叔帶著一名滿臉皺紋，下巴留著一抹又長又白的鬍鬚，頭頂卻光可鑑人，穿著白色唐裝，彷彿古書中走出來的老人來到他們面前。

「各位，這位就是阿良師，你們的扯鈴教練。」黃叔叔得意的介紹著。

「就這些小毛頭啊？」不等訝異的少年們反應，阿良師摸了摸雪白的鬍子，睥睨的看著他們。

「是、是，還請師傅您多多指導！」黃叔叔緊張的搓著手，恭敬的說。

「就這兩三隻小貓還想跟人比團體扯鈴？光是『一條龍』的氣勢就輸了！」

「現在流行創新嘛！三個人也能玩出漂亮的隊形啊……」黃叔叔連忙說著好

話。

「哼！創新？我看根本就是外行裝內行！」老師傅不屑的說。

「什麼是一條龍？」趁師傅打量其他人時，曉雙壓低了聲音，偷偷問站在隔壁的大洪。

「就是所有人排成一排，用接力的方式讓扯鈴順暢滑過，接緊密的話，遠遠看，扯鈴就像在一條長線上滑動……」大洪也壓低了音量回他。

他們交頭接耳的事一下就被發現了。

「連一條龍都不知道？你們把比賽想得太簡單了吧！」

在老師傅嚴厲的瞪視下，沒人敢回話。

「誰是隊長啊？」

曉雙不情願的舉手說：「我。」

「大聲點！」阿良師用如寺廟鐘聲般洪亮的嗓門吼道：「我老人家耳朵不好，你說大聲點我才聽的到！」

「我是代理隊長！」

「代理？」老師傅走到曉雙面前，將他從頭到腳掃視了一遍。「嗯！還不錯，體格不錯，看起來夠靈巧。」

沒想到會受到讚賞，曉雙有點不好意思的推推眼鏡。

「那原本的咧？」

「是我……我現在是領隊。」感受到老師傅嚴厲的風格，大洪也謹慎的應對著。

「領隊？」阿良師看了看大洪那包著石膏的右手和戴著棒球帽的裝扮。「原來如此，受傷了也沒辦法，不過你在室內帶什麼帽子？給我脫下來！」

大家聽了面面相覷，無論室內或室外，大洪已經養成戴帽隱藏傷疤的習慣，尤其在陌生人面前，更不可能輕易脫帽。但在老師傅嚴厲的瞪視下，大洪還是乖乖摘掉帽子，露出了自己竭力隱藏的傷疤。沒想到阿良師看也不看那傷疤，只是溫和的說了句：「這不是清爽多了嗎？室內又沒太陽，老是戴帽子，小心以後變禿頭。」

阿良師又轉向黃叔叔問：「阿黃仔，你說哪個是阿洪仔的孩子？」

「師傅，就是這兩個！」黃叔叔趕緊將洪家兄弟指給他看。「我跟您說過了，大洪的手受傷了，不然這次他也打算上場的，他扯的可好了呢！」

阿良師仔細打量了大洪與小洪。「的確很像阿洪仔……」阿良師感慨的搖著頭說：「可惜了，英年早逝……」

「師傅……你認識我爸啊？」

「何止認識！」提起過世的洪爸爸，阿良師嚴厲的語氣突然慷慨激昂起來。「想當年，我還是他的指導教練呢！」

「想當年？」

「哼！就讓你們這些小鬼開開眼界吧！」阿良師神氣的說：「去找把椅子坐下，我給你們說說故事！」

聽到老師傅要講古，黃叔叔趕緊張羅大家搬椅子倒茶水，而難得可以吸收新知識，連曉雙也興致勃勃的準備做筆記，只有曉實意興闌珊，卻還是乖乖拉了把椅子坐下。

「你們知道扯鈴的由來嗎？」

「扯鈴的由來最早可以追溯到隋唐時期，是從古代就開始流行的民俗技藝。」畢竟是扯鈴教練的長子，大洪流利的答道。

「嗯！還可以。」阿良師讚賞的點頭。「那扯鈴的發展現況呢？」眾少年你看我、我看你，沒有人有頭緒。

「真是的！只知道作古的事，卻不知道現況，怎麼跟的上時代？」

「扯鈴不就是雜耍嘛！有什麼現況好說的？」曉雙脫口而出。

其他人吃驚的看著曉雙，並準備好接受阿良師的訓話，但出乎意料的，阿良師卻不介意的笑了出來。「的確只是雜耍，但要耍得好也是門學問啊！想當初，我可是代表國家參加世界雜技比賽的選手，現在則是國寶級的扯鈴教練，人稱『扯鈴快手』就是我！」

「扯鈴快手是您？」聽到師傅的名號，大洪和小洪喜出望外，露出一臉崇敬的表情。

「很厲害嗎？」曉雙和曉實兩人接觸扯鈴還不到一個月，連招式名稱都搞不清楚，更別說是現況或傳說了，他們面面相覷，困惑的問道。

「非常厲害！」沒想到自己竟然有機會向國際級的選手學藝，大洪雙眼發光，崇拜的說：「『扯鈴快手』曾奪得兩次世界雜技冠軍，還上過美國的綜藝節目。但自從最後一次得勝後，就沒有公開參加比賽和表演了，被稱做是『傳說中的選手』！還被認為是活著的『扯鈴國寶』呢！」

「因為我後來退居幕後，專心培養年輕選手，把舞台留給年輕人了！」阿良師接著說：「其中啊！我最期待的就是阿洪仔……」阿良師無限唏噓的說：「可惜他結婚得早，過逝得也早，做什麼都要比別人快一步就是了……」注意到洪家兄弟黯然的神色，阿良師趕緊改口：「不過他遇到了你們媽媽也很好，想當年還是我介紹他們認識的呢！」

「啊！師傅……可以請你說爸爸的事給我們聽嗎？」大洪一聽到父母的事，就忘情的露出渴望的眼神。

「那有什麼問題！」阿良師說：「以後有機會再慢慢跟你說。現在先練鈴，光說不練你們是不會懂的！拿鈴來！」

聽到師傅要示範，滿心期待的大洪趕緊取了鈴遞過去，但老師傅一接過鈴，

馬上用不屑的語氣說：「哼！現在都用這種外國貨了，哪像我們以前啊！用的可是貨真價實的竹鈴呢……唉……但這的確好用就是了。」

就在眾人期待下，阿良師先是使了個「太陽轉身」，只見他身形輕巧，腳步靈活，沒幾下又耍了「旋風金勾」和「八仙過海」，完全一氣呵成，動作俐落好看。

「師傅！」大洪敬佩的說：「您果然寶刀未老！」

「哼！以後要改口叫教練！」阿良師說：「師傅來師傅去的多古板，教練聽起來帥氣多了！」

所有人聽了通通瞪大了眼，沒想到在阿良師傳統的外表下，有顆這麼追求流行的心。

「既然你們要跟我學扯鈴，以後就叫我教練！」

「是！教練！」

「那你可以保證我們得到冠軍嗎？」曉雙精明的問。

「你這小鬼竟然想隨便練幾個月就拿冠軍，真浪費你爸媽供你讀那麼多年

書！」阿良師指著曉雙嘲笑說：「想拿冠軍就給我有心理準備，最好連吃飯和上廁所都拿著扯鈴練！」

「那可不行，我平常都要複習……嗚！放開我！」曉雙抗議的話還沒說完，就被大洪摀住了嘴。「你少說兩句！」大洪趕緊向教練保證：「那當然！」

就這樣，他們一天都不浪費，馬上開始了國寶級的扯鈴特訓。

所謂的特訓就是不斷的運鈴、運鈴、再運鈴。

「教練，我們還要運多久？」曉實邊運鈴邊複習功課，無奈的抱怨著。

除了每個星期假日，連百般不情願的曉雙也都在放學後被大洪強抓過來，只因為教練准許他邊複習功課邊練扯鈴。而這幾天，他們唯一做的練習，就是一天運上數小時的鈴。

「這樣一心兩用，真的會有效果嗎？」大洪困惑的問。當其他人練習時，大洪的工作就是陪伴在阿良師身邊，聽他分享扯鈴教學的心得與技巧，以及熟記隊形排列，好隨時指導隊員們。

「有沒有用你看了不就知道？」阿良師得意的說。

的確，這樣密集的練習，短短不到三天，連一開始不太會運鈴的曉雙，都可以邊背英文單字邊將扯鈴運得出神入化。

「現在啊！他們已經和鈴合為一體了。」

「何止合為一體。」曉雙抱怨道：「我幾乎都要變成扯鈴了，而且手痠死了！」話雖然此，他依舊沒有停止運鈴。

「這當然是要順便鍛鍊你們的肌耐力。」阿良師理所當然的說：「這次比賽規定時間是五分鐘，在這短短的五分鐘裡，你們必須持續運鈴，同時靈巧的做出各種變化，如果不增加肌耐力，我看啊！到了最後兩分鐘，你們一定會失誤連連！」

「喔……希望真有效！」曉雙無奈的說。

「說起運鈴的絕竅啊……」阿良師感慨的說：「就要說到雙手與腰力的平衡，還有……」

相處幾天下來，曉實與小洪早摸清了老師傅的脾氣，他倆一聽到教練感慨的

語氣，馬上腳底抹油，打算偷溜。

「等一下！」扯鈴隊裡，只有大洪全心崇拜著教練，他眼尖的堵住想落跑的弟弟們。「教練還在講話，你們打算去哪？」

「饒了我們吧！」曉實哀嚎的說：「上次教練講起話來，整整說了一個下午……我們根本都在罰站，也沒辦法練習。」

「老人家就是比較喜歡講古……」大洪不禁同意的點頭，他體諒的說：「那我來聽，你們快點練吧！」

「謝啦！老哥！」曉實耍寶的說。

結果每次練習，為了同時滿足想說教的老師傅和想練習的隊員們，大洪不僅學會了隊形編排，甚至與阿良師開始了一對一的理論學習。他們共同研究了許多複雜的團隊招式，找出最適合他們的變化。阿良師果然不負盛名，他使出渾身解數，將數十年的經歷傾囊相授，讓雙實兩兄弟完全看不出是剛入門的新手，而小洪的技巧則更是精練。

阿良師並慧眼識英雄，一眼看出每個人的潛力。所有隊員中，只有練過舞的

曉雙做的到空中劈腿拋鈴，再加上「運三鈴」的技巧，在阿良師的全方位指導下，讓他迅速成為出色的扯鈴選手。阿良師甚至特別叫他練習邊跳踢踏舞邊運鈴，增加動作的華麗感，最後再以轉身拋鈴結束一系列動作。

「會跳舞真是吃香……」曉實羨慕的看著哥哥炫目的技巧說。

「你不也有自己的獨門絕招？」只要抓到機會，大洪就會努力鼓勵每個隊員，希望所有人都順利進步。

的確，曉實因為打羽球時鍛鍊出來的好腿力，他得連續跳繩拋鈴，加上自行開發的「旋子拋鈴」，以及將時下流行的「跑酷」融入扯鈴表演中，讓他成為運動風格強烈的選手。而小洪的技術最純熟，他必須在短短一分鐘內，將數十種招式一氣呵成，完成令人目不暇給的流暢表演。

「因為你們只有三個人，所以每個人需要辛苦點，多發展些絕招才行。」老師傅得意的說。

就在每個人的風格都逐漸成形時，老師傅注意到一個情況。原來啊！曉雙在個人練習時都很流暢，唯獨只要一做團體練習就會失敗，往往接不到隊友拋的鈴或拋錯方向，將鈴丟到根本沒有人的地方，有時甚至鈴都掉在地上了，他還在做動作擺姿勢，讓阿良師啼笑皆非。

「大洪啊！」阿良師揮手將大洪喚到一旁。「我說那個……曉雙的練習，你覺得問題出在哪？是時間差嗎？還是節奏感？明明姿勢都正確啊？怎麼老是慢一拍？我當了幾十年的教練，可沒碰過這麼……會擺姿勢的學生啊……」阿良師摸了摸他雪白的鬍子，納悶的問。

他們倆一起看著曉雙，曉雙又漏接了小洪拋出來的鈴，卻依舊旋轉三圈半後定格在原地，擺出完美的結束動作。

「其實曉雙答應要當代理隊長後，就將所有招式都記在腦海中了。」大洪佩服的說：「而且也將過去有名的比賽影片找出來觀摩。」

「這樣啊……真想不到這孩子這麼用心。」

「但是，可能太講究完美了……所以一時之間還找不到配合的絕竅？」大洪揣測的說。

「姿勢的確很優美，可是接不到鈴沒有用啊！」

「我知道……我來想辦法！」身為領隊，大洪當仁不讓，致力協助每個隊員順利練習。

「那就交給你啦！」阿良師無奈的說。「對了，你們隊伍叫什麼名字啊？」阿良師突然問道：「有取名字吧？」

「有！我們討論過，我們希望能成為帶來歡樂的隊伍，讓看了我們表演的人都能感受到開心正面的能量，最好也能喜歡上扯鈴！」大洪充滿自信的說。

「哼！野心還真大！」

面對阿良師的取笑，大洪回以璨爛笑容。「所以我們決定叫『陽光扯鈴隊』。」

「哼！名字取的還不錯啦！但能不能做到還不知道咧！」阿良師說：「能教的我都教了，你們好自為之！」受到黃叔叔的拜託，阿良師是特地從中部來教他們扯鈴，現在他已經開始懷念自己家裡的蟲鳴鳥叫了。

送走教練後，為了協助曉雙，大洪心裡有個計畫，他打算嘗試以前老爸曾教過的技巧，來帶領隊員度過練習瓶頸。

06 預賽前夕

大洪站在市場內的服飾店門口，欲言又止的望著店內許久，卻又不敢踏進一步。當老闆娘注意到戴著棒球帽，身穿長袖襯衫的大洪靦腆的在店附近徘徊，試圖走向他時，從小就不敢與張阿姨相處的大洪，卻又連忙壓低帽沿，迴避阿姨詢問的視線，轉身後退離開。

「曉雙啊！」老闆娘呼喊著在櫃台後溫習作業的大兒子問道：「門口有個男生，手上還打著石膏，在外面站了很久，我在想……我們要不要報警？還是請里長來看一下？」相隔多年，阿姨根本就認不出那是兒子的童年好友，還以為是附近的小混混。

正在為太陽升起的仰角與地球相差多少而苦算的曉雙，一聽見手上打著石膏的特徵，他趕緊阻止已經拿起電話的媽媽。

「不用打啦！是我朋友！」

「你的朋友？你什麼時候交了這樣奇怪的朋友？我怎麼不知道？是不是中輟生啊？有沒有在上學啊？你和曉實最近好像都很晚回家耶！都去哪裡了？」老闆娘連珠炮式的提問，不安的語氣十分擔心兒子交了壞朋友。

「他只是比較害羞而已，不是中輟生啦！我和曉實是去……我改天再跟妳解釋。」曉雙闔上書本說：「我先回去了，晚點再和曉實一起回家！」

「喂！喂！等等啊！」只見曉雙抓著背包飛奔而出，讓還想多提醒幾句的老闆娘連攔都來不及攔，就被遠遠拋在後頭。

曉雙一口氣衝到還在店附近的大洪身邊。

「大洪！快來！」邊說邊抓著還搞不清楚狀況的大洪，將他拉走。「我媽很囉嗦！被她逮到一定會問東問西的！」曉雙不敢說，其實扯鈴比賽的事，他和弟弟一起隱瞞了媽媽，就怕知道了會被阻止，而他又不像弟弟那麼會哄媽媽，只要一被問，馬上就會全部招出來。他們倆人一路跑到附近的小公園，確定張阿姨看不到了，才敢停下來休息。

「我打電話去你家，阿實說，你在店裡幫忙……」大洪喘著氣解釋。

「這也不算幫忙啦！因為月底要結帳，我來幫媽媽顧一下櫃檯，讓她有空算帳。」曉雙說：「找我幹嘛？」

「我要給你這個。」大洪說著，拿出手上的提袋。

「這是什麼？晚上練習的時候再拿不就好了？」曉雙邊說邊打開提袋，從裡面拿出一條黃色的護腕，還有一張賽程表。

「日正社區公益園遊會，趣味競賽比賽賽程。這要幹嘛？」

「我們社區主辦的活動，我幫扯鈴隊報了趣味競賽，馬上就要開始了，快走吧！」大洪拉著曉雙理所當然的說：「小洪和阿實會直接過去，那個護腕就是我們的隊章！」

「趣味競賽？」曉雙詫異的問：「有沒有搞錯！」

「再正確不過啦！」大洪爽朗的笑著說：「我還記得以前啊！我老爸最喜歡幫我們報名一些奇怪的比賽，還說這是增加默契最有效的方法！他老是說，只要一群人一起瘋狂的做些怪事，感情就會變好！」

「所以你的意思是，要扯鈴隊現在一起去做些怪事？」

「沒錯！」不顧曉雙的抗議，大洪硬是拉著他抵達社區的比賽會場，而小洪和曉實早就在入口處等著他們。

「喂！阿實，你知道要來參加這個東西啊？」被拖來的曉雙看到弟弟，連忙

興師問罪。

「抱歉啦！老哥，我也是剛剛才知道的。」曉實興奮的東張西望。「不過看起來很有趣啊！」

「我先聲明，我只是逼不得已，來湊人數的……」

「好啦！別說那麼多，先報到吧！」大洪拉著不情願的曉雙和弟弟們參加了兩人三腳，以及需要高度默契的比手劃腳。因為曉雙看輕比賽，兩人三腳的結果讓他們摔得東倒西歪，名次低落，於是接下來的比手劃腳，包括曉雙在內，他們使盡全力，比任何一隊都要認真，在這項目中獲得高分，分數加總下來，竟讓他們成為當天默契最佳團體。比賽結束，終於能喘口氣的他們坐在樹下休息。

「怎麼沒看到小妹？」曉雙納悶的問。

「你爸帶小妹去逛其它攤位了。」

「原來我爸有來！」曉雙點頭說：「也對，他最喜歡這種熱鬧的活動。話說回來，你們社區的運動會辦得可真大！」曉雙現在才看到不遠處還有各種體驗攤位，以及許多義賣商品和二手物品的捐贈攤位。

「這裡的里長喜歡辦公益活動，我聽舅媽說，這個活動已經進行了很多年，甚至附近社區的居民也會報名參加，你看。」大洪指著不遠處的攤販區說：「那邊賣的各種產品，通通是社區居民自己做的，所得也都會捐給公益團體。」

「是喔！」曉雙說：「那可真不錯。」

兩人悠閒的坐在樹下乘涼，享受著周遭歡樂的氣氛。大洪回想起每次老爸都在這種輕鬆的場合指導學生技巧，他也想趁這難得的機會，說出自己的想法。

「阿雙，我一直有在觀察你的動作。」

「你說扯鈴喔？」

「嗯！」大洪說：「我發現只要做團體練習，你掉鈴的機率滿高的。」他停頓了一下，觀察曉雙的反應，確定他沒有不悅，才繼續說：「我有注意到，你的動作和姿勢都很標準，而且自己練習時都沒問題，所以我想……你是不是太在意姿勢，反而忽略了和隊友接鈴的時機？」

「嗯！的確……」曉雙點頭，頗為同意的說：「我之前看了許多參考影片，為了避免初學者會犯的錯誤，在姿勢上下了很多工夫。而且我記得，小時候可以比你們還要快學會困難的招式，就是因為我很注意老師提醒的姿勢……」

「所以你的姿勢很標準。」大洪說：「可是反而缺少了靈活度，一但要和別人配合，就會打亂你的節奏。可是團體也有團體的節奏，只要找到絕竅，反而會比一個人來得輕鬆喔！」

「團體的節奏嗎？」曉雙默默思考著大洪提供的建議。

就在兩人研究著如何抓到配合的絕竅時，曉實嘴裡咬著甜不辣，雙手提滿食物，小洪則帶著氣球跟在後面出現。

「喂！這邊有扯鈴體驗耶！」曉實興奮的說。

他們好奇的跟著曉實往體驗攤位而去，果然看到正在練習拋鈴的小朋友。大洪靈機一動，向成功練會拋鈴，正開心不已的小男孩提議：「小朋友，你要不要和這位大哥哥一起練習互拋？」他指著曉雙說。

一聽到互拋，那個孩子馬上露出躍躍欲試的模樣，曉雙只好乖乖接過扯鈴，和小朋友一起練習最基本的雙人互拋。

「和小孩有什麼好練的……」他嘴上小聲的抱怨著。

他們要做的事很簡單，就是當孩子將扯鈴拋給他時，他接住後再拋回去，小男孩能順利接到就算成功了。曉雙全心專注在小孩和扯鈴身上，為了配合孩子的身高，他也顧不得姿勢好看，彆扭的半蹲著，直到笨拙但順利的接到鈴後，他先和孩子四目相對，看到小男孩緊張的點點頭，確認他也準備好接鈴了，曉雙才又將扯鈴輕輕拋回給他。

「啊！原來是這樣……」曉雙露出恍然大悟的表情。「意外的簡單啊！」

看到曉雙對互動有所體驗，大洪趕緊打鐵趁熱，他對小朋友說：「接下來，就由這兩位大哥哥表演給你看囉！」大洪伸手將曉實推了出去，指示他們表演連續互拋，這是需要默契極高的接鈴技巧，也是曉雙一直無法順利成功的團隊動作之一。這次，曉雙模仿前一次與孩子互拋時的感覺，全心專注在曉實的動作上，首次完成了連續互拋。

「太棒了！」大洪在一旁高興的吹著口哨大喊：「安可！」

此時，站在攤位旁的小洪不知從哪拿出一張ＣＤ，並借了錄音機放起歌來，音樂輕快的節奏吸引了大家注意。曉雙不自覺跟著打起節拍來，大洪見狀，趕緊又將扯鈴棍遞給小洪，示意三人作團隊練習。如同遊樂園般歡樂的音樂充滿了整個場地，在音樂的節奏下，曉雙連續接下了原本接不到的鈴。

「成功了！我們成功了！」一曲結束，曉雙高興的歡呼著，完全不見平日冷靜理性的形象。

「我決定了！」大洪開心的宣布，剛好正在為找不到合適的配樂煩惱，想不到小洪就解決了這個問題。「我們就用這個當作演出配樂吧！小洪，你是哪裡找來的音樂？」小洪用手指了指放在地上的紙袋，紙袋上印有歡樂遊樂園的圖樣。

「對喔！」大洪恍然大悟的說：「你上次跟學校去遊樂園參觀，這是他們送的紀念品啊！」

「這是遊樂園的主題曲吧？旋律好耳熟。」曉雙說。

「剛好！我們取叫『陽光扯鈴隊』就是為了要帶給許多人歡樂和正面力量，這個配樂太適合我們了！這次比賽就用它吧！」大洪欣喜的向隊員們提議。

「贊成！」曉實舉雙手歡呼著。

「還算可以啦……」曉雙推著眼鏡說：「可是這是遊樂園的主題曲，沒有經

過許可，亂用不好吧？」

「那就交給我！」黃叔叔不知從哪邊牽著小妹出現。「我和遊樂園的園長可熟了，他是我們店裡的老顧客，每次來都一定要吃蒜味螃蟹呢！」

「不愧是老爸。」曉實說：「萬事拜託啦！」

「萬事拜託了！」小妹不明所以，卻也學著說。

「叔叔，謝謝！」大洪感激的說。

「既然決定了配樂。」曉雙說：「我們打鐵趁熱，多練幾次團隊招式吧！」

「好！」曉實和小洪已經拿起扯鈴在旁準備了。「哥，音樂拜託囉！」

「沒問題！」歡樂的配樂一放，陽光扯鈴隊的三名成員有默契的完成許多招式，連曉雙一向會掉鈴的部分，也在輕快的節奏下一一克服。他們的團練吸引了眾多民眾觀看，儼然成了當天最受注目的演出，甚至有人給他們賞金表示支持。

接下來就是比賽了，大洪趕緊回憶著上場前，老爸還會為學生做些什麼振興士氣？他提醒自己得好好準備，雖然無法參賽，但作為領隊，他得成為隊員們的精神支持，照顧好每個人，確保所有人都能在最佳狀況下參賽才行。

07 水泡與傷痕

「新世紀扯鈴大賽」的主辦單位是歡樂遊樂園，其中一位評審就是遊樂園園長。這場標榜創新與國際的扯鈴比賽，預賽舞台設在遊樂園的露天圓形劇場，階梯式的觀眾席可容納上千人。為了迎接比賽，舞台上已裝飾了大量顏色繽紛的氣球和緞帶，舞台旁則貼心的搭設帳棚作為參賽團體的後台休息區。

為了早點習慣場地，大洪與小洪拿著裝備提早到達。距離預賽開始還有一點時間，但集合時間已經過了，卻遲遲不見黃家兄弟蹤影。大洪默默擔心著，尤其害怕黃叔叔的老爺車又拋錨了！才惦記著，就看到黃叔叔和曉實兩人慌張的向他們跑來，嘴裡還喊著：「完蛋了！完蛋了！」

「喂！阿實，怎麼只有你？」大洪四下張望，尋找曉雙的身影。

「呼！呼！先等我喘口氣！」曉實呼吸急促的說。

等到他能順利呼吸時，卻說出了驚人情況。「我哥被禁足了！」

「禁足？」大洪吃驚的重複，而一旁的小洪也面露詫異。

「對，就在出門前，我哥手掌上的水泡破掉了，他找ＯＫ繃的時候被我媽發現，然後比賽的事就被逼問出來了……」曉實沮喪的說。

「唉！那女人平常就很小家子氣……」黃叔叔哀怨的說。

「爸，你少說兩句……」

「可是她真的很小氣……」

「那也還是我媽耶！起碼不要在我們面前講她壞話吧……」

聽到兒子的要求，黃叔叔只好閉上嘴巴。

「你們沒有跟阿姨說參加比賽的事啊？」只要一想到張阿姨可能會因為被瞞在鼓裡而大發雷霆，大洪就覺得驚恐不已。

「當然啦……」曉實面有難色的說：「我和哥哪敢跟老媽說……」

「那你怎麼可以出來？」

「我跟我媽說，就算要棄權，起碼也要跟你們說一聲。而且我不是考生，要出來容易多了。」

「那曉雙他……」

「只要我媽生氣，我哥就不敢反抗她。那現在怎麼辦？」

隊員們焦慮的看著大洪，等待他決定。

「我……我打電話給阿姨，請她讓曉雙參加。」大洪深吸一口氣，下定決心說道。

「不可能，你還沒講到重點就會被掛電話，以我媽的脾氣……」曉實絕望的說。

「那我直接去找阿姨講。」聽到大洪的決定，其他人紛紛露出不安的神情，卻又不知道還有什麼辦法可想。

「我來處理！」大洪果斷的說：「你們先練習！阿雙現在在家嗎？」

「被我媽抓去看店了。」

「我去拜託阿姨。」大洪催促著還在發呆的隊友們。「你們先熱身，我一定會把阿雙帶過來！」

「我開車帶你去！」黃叔叔趕緊追上大洪說道。

不知不覺間，廣場上已經聚集了為數不少的民眾，參賽隊伍也陸續抵達。大洪和黃叔叔一到停車場，馬上用最快的速度開車抵達服飾店的巷口。

「大洪啊！我送你到市場外面，然後停在路口等你們。」黃叔叔焦慮的說：

「現在阿雙她媽在氣頭上，如果看到我，一定馬上趕我走，你也沒有辦法多講什麼……這個給你。」黃叔叔將自己的手機交給大洪說：「如果有需要，你可以用這個打電話給阿雙或阿實。」

「我知道了。」

老實說，要大洪一下子面對憤怒的張阿姨，他也緊張的吞了吞口水。雖然信誓旦旦的表示要帶阿雙過去，不過還是打電話把阿雙找出來壯壯膽吧！打定主意後，大洪撥了電話給曉雙，電話一會兒就接通了，從電話那頭傳來曉雙愧疚的聲音。

「喂！老爸？喔！是大洪啊！對不起……」

「先別道歉，我在店外，你可以出來一下嗎？」

「你在店外？」曉雙注意到媽媽正在招呼客人。「應該可以，等我一下。」

大洪一見到曉雙，馬上把握時間，他拉著他說：「現在還來得及，我和你一起去拜託阿姨，求她讓你參加比賽！」

「不行啦！你沒聽阿實說嗎？」曉雙不安的說：「我被禁足了，因為老媽發現我手上都是水泡，所以比賽的事我全部招了……加上這次模擬考的名次下滑，她決定禁止我外出，直到下次模擬考成績提升為止。」

「你打算就這樣聽她的話？」

「有什麼辦法？」

「我們一起努力了那麼久，那曉實和小洪怎麼辦？小妹怎麼辦？」

「啊！」曉雙苦悶的喊著：「我也不想啊！可是能怎麼辦？我媽辛苦扶養我們，如果違背我媽，她一定會很傷心……而且反抗她很恐怖耶！」

大洪也了解張阿姨是出了名的嚴厲，他把心一橫，勇敢的說：「我知道了，那我來說！」

「大洪！你這樣會害慘我！」曉雙趕緊拉住打算進店內的大洪。

「可是不試試看，怎麼知道不行？難道你真的想放棄嗎？」大洪轉過身，嚴肅的對著曉雙提問。

聽到這個問句，曉雙放開攔阻大洪的手，沉默了一會兒，他低頭看著自己手上的厚繭與水泡。剛開始練習時，長水泡的手讓他痛不欲生，連拿筆都很困難，如果沒有隊友的鼓勵，一定沒辦法忍耐下去。就如大洪所說，和大夥一起練習，讓他很有成就感，開始覺得自己可以做到很多原本以為做不到的事，他甚至因此忽略了複習功課，成績因此下滑，但令他意外的是，他並沒有想像中在意，但這次遇上老媽，他就真的沒轍了。

注意到曉雙滿是厚繭的手，大洪也翻起自己的手掌說：「我的手也是。」大洪左手心的老繭，都是過去勤練扯鈴的成果。「阿雙，如果不是你願意幫忙，老實說，我早就不敢妄想有機會賺到保母費……」大洪握緊拳頭說：「其實，我……我……也好想上場比賽……」這是大洪第一次向隊友說出心裡的想法，他擔心如果阿雙知道自己很在意不能上場的事，會覺得他很小家子氣，可是他打定主意無論如何都要說服阿雙。

「如果可以，我想自己拿下冠軍，保護小妹，做家人的榜樣。」

曉雙驚訝的看著大洪，他一直以為大洪並不介意由誰上場比賽，只要人數湊齊了就好。

「骨折的時候，我好沮喪，以為沒有辦法再為小妹做什麼了……畢竟，連我

拿手的扯鈴都辦法用。我原本已經放棄了……所以當聽到你願意幫忙，我真的很高興！」大洪緊抓著阿雙的肩膀。「阿雙，好不容易我們一起花了那麼多時間練習……你打算就這樣放棄嗎？」大洪說：「我知道你並不只是在敷衍而已，你和我一樣已經愛上了扯鈴！你會想參加這場比賽，不是為了別人，而是為了自己，不是嗎？」

曉雙沉默了片刻，這片刻讓大洪以為他的猜想錯了，曉雙並不在乎扯鈴，他的確只是在打發時間而已。大洪覺得緊張不已，心想沒望了，但沉默許久後，曉雙終於回道：「你打算怎麼說服我媽？」

聽到好友的回答，大洪露出喜出望外的表情。「我打算直接說……」

「不行，現在她在氣頭上，誰說的話都不會聽。」曉雙趕緊拉住又打算走進店內的大洪，雖然下定了決心，但他可不能讓大洪莽撞行事。

「那……」大洪想了一會兒，他說：「這樣如何？你還記得小時候，有一次我們想去雜貨店買零食……」

「有！我們偷偷出去，後來被發現了……」

「然後我們把零食分給弟弟們，要他們陪我們一起去道歉。」

「人海戰術。」曉雙推著眼鏡回憶著。「沒想到我媽看到那麼多人都有份，真的心軟了，沒有懲罰我們。」

「那就這麼辦，如何？」先斬後奏讓大洪產生了罪惡感，但當務之急是把曉雙帶進會場。「之後我會帶扯鈴隊跟你一起去道歉。」

曉雙仔細的考慮了這個提案，雖然事後再說其實不比偷跑誠實，但無論如何他都想參加比賽，他猶豫的點頭。「好，你等我一下……」曉雙回到店內，沒多久，他拎著背包出來。臨走前，他還擔憂的看著店內專心招呼客人的媽媽，心裡覺得過意不去，但當他看到自己手上的水泡，他把心一橫，堅決的跟著大洪出發前往會場。

他們小心翼翼的沿著行道樹而走，順利來到黃叔叔的老爺車旁，老遠就看到他們的黃叔叔，早就發動好車子。

「太好了！阿雙啊！就差你了！」黃叔叔高興的說。

他們用老爺車所能跑的最快速度趕往遊樂園。當隊員們看到曉雙時，紛紛興

奮的擁抱在一起。

「你們兩個快點先換衣服！」高興歸高興，曉實機靈的提醒他們。

比賽前，他們一起決定穿上全白的T恤當作隊服，展現團隊氣勢。小洪與小實早就換好了，而大洪和曉雙為了不弄髒衣服，都還穿著普通上衣。

他們趕緊從背包中拿出T恤，大洪笨拙的用左手解開襯衫鈕扣，脫下襯衫，露出了滿是傷疤的背部，一旁已經換好衣服的曉雙瞥見，吃驚的問：「大洪，你的背上也有傷啊？」

「火災時發生了爆炸。」大洪輕描淡寫的回道：「爸爸當場被炸死，我護著小洪，所以背部被燒傷……」大洪從鏡中看過背上的傷疤，大部分是輕度燒傷，密密麻麻的佈滿肩膀與背部，他並不在意背上的傷，畢竟可以用衣服遮起來。

雖然參加比賽已成為對自己的承諾，但曉雙第一次注意到，同樣身為長子，大洪卻比自己要來得擔負更多責任，他不禁想為童年好友盡份力。「放心吧！我們會通過預賽的，一定。」曉雙突然一改平常冷靜的模樣，誠懇的對大洪說。

在後台還有許多隊伍正在準備，其中有個隊伍人勢眾多，多達十二名成員，

和人數稀少的他們形成強烈對比。

「咦？這不是大洪嗎？」那個人多的隊伍中，一個又高又壯，看似隊長的人突然走過來向大洪搭訕。「怎麼？只剩一隻手也想參加比賽啊？真不愧是扯鈴高手呢！」他的語氣充滿嘲諷與奚落，逗得隊員們也跟著笑了起來。「聽說你家失火，厲害的教練老爸就過世啦？然後你也燒傷？」

他打量著大洪帽子底下的臉，虛假的嘆著氣說：「唉！真是飛來橫禍，還是樹大招風？連噩運都特別喜歡你們，節哀啊！」話雖如此，他嘴裡可一點都沒有遺憾的態度。

「那不關你的事。」沒料到會遇上舊識，而對方一貫的諷刺語氣讓大洪覺得自己的不滿在上升，但礙於場合，他努力克制脾氣，冷漠的回應道。

「真是好心被雷親……」對方聳聳肩，自討沒趣的走回隊伍。

看著他的背影，大洪無奈的嘆了一口氣。「我還以為這種娛樂性的比賽，絕對不會遇見這傢伙呢……」

「那是誰？」曉雙不滿的問：「好令人不爽的傢伙！」

「他叫胖達，也算頗有名氣的扯鈴高手，只要有正式比賽一定會參加。他自稱是我的宿敵，不過從來沒有在公開的比賽贏過我……」

「他很弱？」

「不，他很強，不過人品很差。」大洪擔憂的說：「而且我看到他的臉就有股想揍他的衝動……」

「如果你這麼做，我們可能會失去比賽資格。」曉雙謹慎的提醒。

「放心吧！我們可以在舞台上痛宰他。」

「我知道……」大洪雖然這麼說，但他回想起每次遇見胖達，總會留下不好的回憶，讓大洪有著不好的預感。

這是決定參賽以來，他第一次擔心起比賽結果。

08 宿敵

「令人期待已久的『新世紀扯鈴大賽』即將展開，讓我們歡迎參加預賽的隊伍登場！」身穿亮麗的黃色套裝，與繽紛的舞台互相呼應的主持人拿著麥克風高聲宣布。陽光扯鈴隊與眾多參賽隊伍一起聚集在舞台上接受觀眾鼓掌，他們驚訝的看著圓形劇場內華麗的排場。

「哇！」回到後台，曉實不禁發出讚嘆。

「扯鈴比賽都這麼盛大嗎？只是預賽而已，卻辦的好像嘉年華會喔！」他興奮的說。

「那當然！」一個身穿西裝，體格壯碩的大叔突然出現在他們面前，親切的招呼著。「我未來打算將遊樂園轉型成民俗主題樂園。」

「你不就是剛剛在台上致詞的……遊樂園園長？」曉雙緊張的問。

「園長！你來啦！」黃叔叔不知從哪蹦出來，開心的摟著園長介紹：「這位就是遊樂園的老闆！他可是我的好兄弟喔！」

「請問民俗主題樂園是指？」大洪好奇的問。

「就是專門推廣和介紹民俗技藝的地方。扯鈴比賽之前就辦過幾次，不過今年才決定盛大舉辦，所以獎金特別高。」園長說：「而且之後每年都會舉辦一連串的民俗嘉年華活動。」

「真的耶！」曉雙指著手上拿的節目單說：「你們看，這上面寫，明天還有舞龍競賽和高蹺表演。」

「加油啦！小朋友們！」園長說：「我從老黃那聽說了你們的事，我這地方也算有點名氣，如果贏得冠軍，對你們的目標肯定有幫助！」他俏皮的眨眨眼，一點都看不出上了年紀的樣子。

「依我看，你們最大的對手就是去年的冠軍『無敵胖達』，他們的團隊招式很厲害喔！」

「園長伯伯，你身兼裁判，告訴我們這些好嗎？」

「只是些小建議。」園長聳聳肩說：「而且這算是公開的情報。不過提醒你們，我可是公正的裁判，就算和你們有點交情，我也不會放水喔！」

「那當然。」大洪爽快的回道。

「真是的，對朋友卻還那麼死腦筋！」黃叔叔不滿的說。

「叔叔，我相信我們的實力可以輕鬆通過預賽！」大洪篤定的說。

「你就是大洪吧？」

園長特別盯著大洪帽子下的臉看，讓大洪頗不自在。

「好！很有志氣，一點傷疤算什麼？男人最重要的就是夢想！我期待你們的表現！頒獎時再見啦！」園長瀟灑的轉身揮手離開。

「喂！園長剛剛說的『無敵胖達』，就是在休息室跟你打招呼的胖子嗎？」

「對！」

「他是去年冠軍啊……」曉雙擔憂的問道。

「放心，只要按照我們平常的練習就沒問題了。」大洪鼓勵的說。

距離演出只剩一點時間，他們困惑的注意到，黃叔叔不知為何還賴在後台休息區，不到觀眾席等待表演開始。

「怎麼還沒來？」只聽見黃叔叔悶悶的說。

「老爸，你在等誰嗎？」

「沒……沒事啦！」聽到兒子的疑問，黃叔叔趕緊慌張的假裝沒事。當然，

一點都不像沒事的樣子。

「啊！來了來了！」黃叔叔突然指著休息室外叫道。

他們順著黃叔叔的視線望去，只見不遠處有幾個熟悉的人影，穿過人群漸漸向他們靠近。

「舅舅！舅媽！」大洪認出了人，趕緊跑出休息室迎接家人。

戴著大草帽遮陽的舅媽，手裡牽著興高采烈的小妹，而舅舅則推著坐在輪椅上的洪媽媽，一行四人向他們走來。洪小妹一看到哥哥，馬上飛撲到小洪的懷裡撒嬌。

「媽！」大洪激動的喊著輪椅上的婦人，以為媽媽已經恢復記憶了。

「大洪！」舅舅趕緊制止他。

來到這麼熱鬧的地方，婦人彷彿很開心的樣子，並沒有注意到大洪的呼喊，讓舅舅鬆了一口氣。

「大姐的狀況還是一樣，不要刺激她比較好……我想，或許看了扯鈴表演，能讓大姐想起些什麼，所以就帶她出來了。」舅舅微笑的說。

大洪感激的看著舅舅說：「舅舅，謝謝你……」

「這沒什麼，倒是你們，比賽好好加油！」盯著大洪的白上衣，舅舅突然納悶的問：「黃仔，怎麼沒有看到你說的『那個』？」

聽到舅舅的疑問，黃叔叔愣了一會兒，才突然大喊：「啊！我真是健忘！」

他全速衝回車子，不久就提著一個大紙袋回到他們身邊。

「這是我幫你們做的！」原來黃叔叔貼心的幫他們準備了隊服。

「我看你們啊！只穿白上衣太簡單啦！一點都看不出冠軍隊伍的氣勢。」

「我們的確不是啊！」曉雙實際的說。

「等比賽結束就是了，難道你們想要穿著那陽春的白上衣上台領獎？」

的確，放眼望去，幾乎每個參賽隊伍都穿著精心設計的隊服，有的甚至連背包、球鞋，外套褲子都是相同款式，可說是頗為慎重，大洪低頭看著自己身上穿的普通白上衣，明顯遜色許多。

少年們接過紙袋，興奮的抓起嶄新的上衣一看，純白的衣服上印了一個大太陽，太陽中央還掛著讓人看了為之一振，神清氣爽的燦爛微笑。

「哇啊！好酷！」

「謝謝你！老爸！」

「黃叔叔，謝謝你！」

「別客氣！不過記得啊！回去不要讓你媽看到！」黃叔叔心虛的提醒兩個兒子。「不然她就會知道是我帶你們來的，要是她找我算帳，我可受不了！」

黃叔叔忐忑的說：「還有這個！」他又從紙袋裡掏出一塊紅布。「小洪，你拿著這個角。」當他和小洪合力將紅布攤開，「陽光扯鈴隊旗開得勝」九個大字囂張的映入眼簾。

「老爸……這只是預賽耶！你會不會誇張了點？」曉雙不知所措的看著那面顯眼的紅布條。

「不會不會，輸人不輸陣！」黃叔叔邊說邊領著親友團往觀眾席走。「那我們先回座位了，你們加油！」

暫別了親友，他們回到休息區等待，身為倒數第二上場的隊伍，在上台前，他們有足夠的時間欣賞到扯單鈴、鍋蓋與扯三鈴等高級技巧，還有一隊表演的長

線扯鈴更是精采絕倫。包括大洪在內，這時他們才真正感受到比賽的壓力。輪到他們時，由大洪帶頭的陽光扯鈴隊不安的站在台口，後面依序是曉雙、曉實，以及殿後的小洪。

曉雙看著大洪的背影，回想起在後台看到的傷疤，他吞了吞口水，開始擔心起來，不確定是否可以在眾多厲害的隊伍中脫穎而出。

察覺到隊員的緊張，大洪回過頭，露出一個充滿自信的微笑，他說：「我們一定能通過預賽，放心。」他示意排在後面的隊員們圍到前面。「該擔心的是決賽，現在只要放輕鬆，大顯身手一番！我們一直都互相支持到現在，曉雙、曉實和小洪。」

「還有你。」曉雙說。

「對，還有我。」他點點頭。「待會就可以讓所有人知道，我們是多麼團結的一個隊伍！」大洪微笑說：「『陽光扯鈴隊』是個能帶來歡樂的隊伍！對不對？」

「喔！」

「對！」

「讓我們把全部注意力放在帶給觀眾歡樂吧！」

「喔！」

在大洪積極的鼓勵下，「陽光扯鈴隊」的成員相視而笑，順利減緩了緊張。看到放輕鬆的隊員們，大洪不禁在心裡感謝自己過去總像個跟屁蟲般，緊黏著老爸參加每場比賽，看著他如何為團隊激起士氣，達到目標。

「謝謝飛鈴隊精彩的表演！」隨著參賽隊伍下場，主持人輕快的回到舞台中央。「接下來，讓我們歡迎『陽光扯鈴隊』！」

大洪領著士氣高昂的扯鈴隊站上舞台，音樂從喇叭中播放出來時，他們還有些緊張，但逐漸熟練了舞台氛圍，他們順暢的就像練習時一樣，順利完成所有動作。最後一首配樂，遊樂園主題曲一播放，果然帶動了現場歡樂的氣氛，觀眾們的情緒高昂，就在最後一個音符要為陽光扯鈴隊的初賽畫下句點時，原本要接住拋鈴的曉雙漏接了。

鈴飛了出去，飛向待在台前支援的大洪，打掉了他的帽子，大洪帶著傷疤的

臉與頭皮暴露出來，觀眾席馬上出現了騷動。「別介意！」大洪趕緊安撫隊員的情緒，他俐落的撿起帽子戴上。

「準備謝幕！」他帶領隊員們向觀眾敬禮，沉穩的態度贏得許多觀眾鼓掌，而看台上的親友團們更是熱烈的舉著紅布條吶喊加油著。

「謝謝『陽光扯鈴隊』！」主持人抓準時機上台。「雖然中間發生了一點小插曲，但陽光扯鈴隊用穩定的台風處理好一切！請各位再次給他們掌聲鼓勵！」

下台前，大洪還看到那位活潑的主持人對他們比了個大拇指。但回到後台就沒那麼有人情味了，其他隊伍用打量的眼光看著他們，尤其是無敵胖達隊更是毫不掩飾。

「你們的絕招是苦肉計嗎？」胖達挖苦的說：「也是啦！你們的招式這麼普通，又只有四個人，如果不善用一下自己的特色……」胖達故意比著頭皮，意有所指的說：「恐怕很難通過預賽喔！」

「你想說什麼？」大洪不滿的往前一步，直逼胖達的臉。

「就像我說的，如果通過預賽，不是你們有本事，是裁判同情你們而已！」

胖達輕蔑的聳聳肩，挑釁的看著大洪。

看到似乎要起爭執了，其他隊伍紛紛圍過來湊熱鬧，就在此時，台前響起那位活潑主持人的聲音。

「接下來，也是今天的最後一組參賽者，讓我們歡迎『無敵胖達！』」

聽到唱名的胖達，目中無人的說：「抱歉啦！我們要先去秀一下真正的扯鈴表演，等等如果有空，再陪你敘舊啊！」

大洪緊盯著無敵胖達隊井然有序的走上舞台，暗自提醒自己千萬不可以受到胖達挑釁。

「大洪……」曉雙走到他身邊，他說：「我知道那傢伙很可惡，不過你要忍耐……」

大洪看到小洪和阿實也都擔憂的看著他，不禁慚愧的向隊員道歉：「抱歉，我有點反應過度了。」

「別介意！是那傢伙太過分了，倒是你剛剛在舞台上帥斃了，老哥！」曉實佩服的說：「超鎮定的！」

「其實我也很緊張，我只是模仿以前老爸帶隊參加比賽時的樣子……」大洪不好意思的說。在他心中，他反而很感謝隊員們的支持與配合。

此時，舞台外傳來觀眾巨大的歡呼與掌聲，吸引了後台所有人注意。他們和其他隊伍一起擠到台口，看到舞台上，胖達正靈活的扯著四鈴，甚至變化出四鈴繞柱等高超技巧，而他的隊員則圍繞在他身邊，持續為他鼓掌。

「那是胖達的絕招。」大洪向目瞪口呆的隊員們解釋：「不過別擔心，那在個人賽或許可以加分，但在注重團隊精神的比賽就只是噱頭而已。」

不久，無敵胖達隊就在熱烈的掌聲歡送下回到後台，大洪必須強迫自己專心聽主持人發表名次，才沒有去找胖達理論。

「我已經拿到通過預賽的隊伍名單了！」主持人用輕快的音調宣布：「這次三十六個參賽隊伍，只有十二隊能入圍決賽。首先，讓我們恭喜鈴魂隊！接著是夢想無限隊！愛鈴隊！」

伴隨著一個個入圍的隊伍被宣布，後台是幾家歡樂幾家愁。大洪他們也緊張不已，直到主持人大喊：「陽光扯鈴隊！」他們才鬆了一口氣，圍在一起高聲歡呼，但高興沒多久，同樣輕鬆通過預賽的胖達又出現在眼前。

「姓洪的。」胖達不客氣的叫著：「恭喜你們通過預賽啊！不過，哼哼……」胖達學電影上的壞人一樣，故意露出陰險的微笑說：「我勸你們趁現在還來得及，快點棄權吧！免得輸的太難看！」

「我們不會棄權！」大洪不甘勢弱的回道：「我們一定會拿到冠軍！」

「哈！」胖達不屑的從鼻子噴出一口氣說：「就憑你們？那真是太可惜了！只能說你們運氣真糟！沒有人能打敗無敵胖達隊！」

「我們會贏！」

「不可能，你還沒見識到我們真正厲害的地方！」胖達說。「如果我們沒有換教練的話，你們或許還可以繼續抱著幻想，可惜沒有人比得上我們的新教練，我們走著瞧！」

大洪緊盯著胖達遠去的背影，心裡清楚知道，如果他們要贏，最大的敵人就是無敵胖達隊，他們一定得要想辦法應對。

經過了一整天的疲勞，當天稍晚，大洪依約帶著扯鈴隊來到服飾店向張阿姨道歉。

令人意外的，或許是張阿姨首次看到長大後的洪家兄弟，加上大洪身上的燒傷，不知是出於震驚或同情，她輕易原諒了曉雙的翹家。大洪和扯鈴隊的隊員們都鬆了一口氣，打算將所有精力拿來思考如何應付胖達隊。

但大洪以為張阿姨能如此簡單被打發，那他就太天真了。

09 世界冠軍

炙熱的段考午後，學生們穿著相同款式的短袖白襯衫與制服，吵吵鬧鬧的收拾著書包，有些班級還利用空檔留下來做打掃工作。空曠的中庭裡，只有一個高瘦的男孩，不顧艷陽的高溫，頭戴棒球帽，身穿長袖襯衫。

本來夏季穿短袖就是校規，長袖必須等到換季才可更換，但大洪有老師的同意，為了避免日曬刺激傷疤，他可以自由戴著棒球帽出入教室。他與小洪在校內算是半個名人，大部分的人都知道兩兄弟的遭遇，但偶爾還是會有學生被嚇到。

大洪像往常般低頭疾走，趕著前往公車站。走廊上，他不慎與低年級的女孩擦撞，大洪趕緊站穩腳步，那女孩卻因身形嬌小，重心不穩摔倒在地。

「對不起……」大洪伸手想扶起被撞倒的女孩。但女孩一抬頭，視線對上大洪臉上的傷疤，她不自覺放聲大叫，並迅速撥開了大洪的手。看到對方受傷的表情，才意識到自己失態的女孩，狼狽的手腳並用從地上爬起，和身邊的同伴一起迅速逃離。

「你剛剛有沒有看到？」

「有！嚇死我了……那就是有名的火燒學長啊！」

「真的還好現在不是晚上，不然我一定會做惡夢……」

女孩們的低語，毫不留情的傳進大洪耳裡，大洪不禁胸中一緊，鬱悶不已。但他快速撇開低落的情緒，畢竟今天有重要任務在身。他再三確定自己帶好帽子後，壓低了帽沿前往公車站。

一到公車站，大洪就看到小洪依約帶著小妹在那等著。

「哥哥！」

小妹高興的說：「你昨晚說要帶我去玩，為什麼小哥哥不一起去？」

小洪比了比自己身後的扯鈴背包。

「又要練扯鈴啊……」小妹嘟著圓嘟嘟的小嘴，失望的抱怨道：「一天到晚練扯鈴，都不陪人家玩！」

「小慧乖。」大洪趕緊安撫小妹：「大哥帶妳去玩，讓小哥哥專心練習，等到比賽結束了，他一定每天陪妳玩！」

小洪無言的看著小妹，帶著充滿歉意的眼神伸出小拇指，小妹見狀，像個小大人般懂事的點點頭，也伸出小拇指與小洪勾手。

「好吧！這次就原諒你，那我們約好，比賽完一定要帶我去玩喔！」

小洪露出開朗的微笑，再三保證的向小妹點頭。大洪無法假裝自己不在意預賽結束時，胖達自信滿滿的模樣，與隊員商量後，他決定偽裝成照顧妹妹的好少年，前往胖達就讀的育保國中勘查敵情。

「我可不是間諜……」一邊低調的沿著校園圍牆行走，大洪一邊努力說服自己：「我只是來關心一下對手，這很正常……」

穿過圍牆旁的小門，映入眼前的是眾多社團活躍的操場。有足球隊、田徑隊，甚至還有人在練高蹺，而在寬廣的操場另一邊，育保國中扯鈴隊正盛大排練著。不愧是民俗推廣教育的重點學校，一眼望去，竟然有五十幾個人在練扯鈴，而胖達就站在最顯眼的位置。

大洪看到有個背對著他的人正在發號司令，他心想，那應該就是胖達口中的新教練了。當那名瘦小的男子轉過身時，大洪終於明白胖達的自信何來，而他原本奪冠的自信也在瞬間瓦解。意外發生的那天晚上，爸爸一臉沮喪的模樣浮現在大洪心頭。

那名瘦小的男子，竟然是曾經打敗過爸爸，連知名教練都甘拜下風的扯鈴選手，才剛從美國獲得世界雜技冠軍的林享亮。他們怎麼可能有贏的希望？

原來胖達的學校重金禮聘了世界冠軍當指導教練，難怪要執著於遊樂園的扯鈴比賽了。畢竟這場比賽的獎金高達數十萬，只要奪冠，教練費根本不是問題。大洪突然覺得自己一直以來都把奪冠想得太天真了，就算只是個新出爐的比賽，但高額的獎金肯定吸引全國各地好手，而他們能通過預賽，或許也只是僥倖？

沒注意到大哥的失神，小妹在旁興奮的問：「哥哥，那個人好像在電視上看過喔？」

「啊！對、對啊！」大洪狼狽的回應著：「小慧，我們差不多該回家了。」

「可是我想再看一下扯鈴耶！」小妹哀怨的表示。

「那哥哥回家表演給妳看。」

「好！」聽到哥哥要表演，小妹開心的手舞足蹈，卻又歪著腦袋問：「可是哥哥，你現在只有一隻手能用，這樣也可以表演嗎？」

「我叫小哥哥表演給妳看！」大洪說。

「好棒！那我們快點回去！」

大洪拉著小妹落荒而逃，再也不敢多瞧一眼世界冠軍閃耀的背影，以及在他的指導下，龐大的扯鈴校隊精確又炫目的技巧。

「我有話要跟大家說……」當天晚上，大洪不像平常坐在一旁攝影或指導，或者在桌上編排隊形，反而洩氣的對著正在練習的三個隊員宣布。

「怎麼啦？老哥？你的臉色看起來很糟耶！」曉實一手拿著毛巾擦汗，一手拿著運動飲料說。

「我今天去看了無敵胖達隊的練習。」

「喔！我知道啊！如何？」

大洪深吸一口氣，他閉著眼睛，決定長痛不如短痛，乾脆一口氣說出結論。

「我們還是棄權吧……」

「你說什麼？」曉雙與曉實瞪大了眼睛，驚訝的問。

「我說……我們還是棄權吧……」

三個默契越來越好的隊員都不敢相信自己的耳朵，訝異的看著領隊。

「啥？棄權？老哥？這是在開玩笑嗎？」

「我們好不容易練得越來越好！」曉雙激動的說：「如果棄權，那花時間做的練習不都白費了！而且小妹怎麼辦？」

「對啊！老哥，你說清楚！為什麼突然這麼說？」曉實也激動問著。

大洪艱難的看著他的隊員們，包括小洪，都用一臉無法理解的表情，等待他解釋可以接受的答案。

「小妹的事，只好再想辦法了。我今天去看了胖達隊的練習，結果……」

這是大家都說好的決定，所有人屏息以待，想知道為何偵查情況竟然能讓一直以來不屈不撓的大洪投降。

「我看到他們的新教練……」大洪沮喪的說：「他們竟然請到了世界冠軍林享亮當教練……」

即使聽到林享亮的名字，雙實兩兄弟依舊不明所以，只有小洪一臉慘白。他和大洪一樣，對世界冠軍的大名如雷貫耳，尤其發生火災那晚，爸爸放了林享亮

比賽的錄影給他們看，為他們講解了冠軍招式。而且爸爸還親口說出自己輸給林享亮的話，當時爸爸苦悶的表情，讓兩兄弟永生難忘。小洪也和大洪一樣，無力的垂下肩膀，瞬間放棄了希望。

「小洪？」注意到小洪的異樣，曉實詫異的問：「你還好吧？不就是請了世界冠軍當教練，你們到底在怕什麼？」

「你們沒有看到他的厲害，所以才說的那麼輕鬆……」大洪喪氣的說：「他是多次贏得全國比賽的冠軍選手，而且他最有名的就是零失誤……」大洪不想說出自己的爸爸也曾經是手下敗將的往事。

「我們要比賽的對象又不是他！」

「但我看到胖達隊也在練習他著名的絕招，他們肯定能以零失誤獲得冠軍，難怪胖達那麼有自信……」

「那又怎樣？沒比過怎麼會知道！」曉實憤慨的說。

「我……我們肯定沒希望了……」

「大洪……」看到洪家兄弟異常的消極，黃家兄弟也不知該如何回應。一直

以來都是大洪帶領著隊伍，為大家加油打氣，現在卻連他都放棄了，那他們隊該怎麼辦？倉庫裡的氣氛凝重到了極點，沒有人知道該說些什麼才好。就在此時，外頭的吵鬧聲吸引了他們注意。

「好哇！」張阿姨尖銳的聲音劃破沉寂，穿過窗戶傳進了倉庫內。「果然在這裡！我都看到腳踏車了，你還想騙我！」

曉雙與曉實面面相覷。「怎麼會？」

倉庫鐵門被大力推開，站在外面的當然就是張阿姨本人，而她的右手則擰著她的前夫，黃叔叔的耳朵。

「妳這老太婆可以放手了吧！」黃叔叔不顧顏面的求饒著。

「曉雙、曉實，馬上給我回家！」張阿姨也不廢話，一看到兩個寶貝兒子，馬上將黃叔叔甩到一旁，命令兒子打道回府。

「媽？」曉雙訝異的看著兇狠的媽媽說：「我們不是達成協議了？」經過上次的團體道歉，張阿姨同意讓雙實兩兄弟參加扯鈴比賽到決賽為止，這當然是曉實展現了自己安撫的功力和曉雙討價還價得來的。

「我本來也沒意見啦！」張阿姨怒氣沖沖的說：「但這老頭實在太過分了！」她指著黃叔叔。

「爸？」

黃叔叔心虛的撇過頭，不敢看那四個一臉詫異的少年。

「今天開里民大會的時候，這傢伙竟敢當著所有街坊鄰居的面，說我不會管教小孩。說什麼如果小孩給他帶，你們早就成為運動全能，才藝達人，扯鈴冠軍什麼鬼的。現在是怎麼樣？是在說我不懂怎麼教小孩嗎？那我就教給你看！」

曉雙和曉實無奈的看著老爸，原來又是老問題。父母總是為了小孩的教育一再吵架，其實說穿了就是面子問題，但老爸就是學不乖，現在還波及到他們已經談好的協議。

曉雙尷尬的推著眼鏡，試圖說服媽媽。「媽，可是我們已經說好……」

「媽，我們……」曉實也跟著想打圓場。

「我不想聽，你們倆個馬上回家！」張阿姨轉頭看到大洪，她怒氣未消，馬上將苗頭指向大洪。只見她雙手插腰，準備要好好開罵一番。

「好哇！你這小子！上次是看你家境可憐才原諒你，我現在想起來了，以前每次曉雙做壞事，一定都有你在背後慫恿他！」

大洪無辜的看著張阿姨，張口想為自己辯護。

「媽，妳不要罵大洪……」曉雙盡力擋在他們中間。

「我根本還沒開始！你倒是很會幫著外人欺負我啊！」張阿姨大力一揮，就把曉雙往旁邊推。

「張阿姨，請妳不要責備阿實他們……」

「你給我閉嘴，我正要找你算帳！」

「媽，妳不要再說了啦！」曉雙嘗試阻止媽媽的怒火波及大洪。

「哼！我哪管你那麼多，我警告你啊！」張阿姨才不管曉雙的勸說，她用手指著大洪說：「你們那什麼鬼扯鈴隊！」

「是陽光扯鈴隊……」面對來勢洶洶的張阿姨，大洪一點都不敢怠慢，趕緊用討好的語氣解釋著，但對方完全不領情。

「我哪管你是太陽還火球，反正那個扯鈴隊馬上給我解散掉！」

「媽！」曉實趕緊使出擅長的安撫說：「我們先回去吧！我回去幫妳按摩，妳一定很累了喔！」

最體貼自己的曉實開口說話了，張阿姨只好收斂氣燄，她對兩兄弟說：「反正我警告你們，不准再和這些小孩來往，不然我扣你們零用錢扣到畢業為止！」

張阿姨說完，就盛氣凌人的帶著兩個兒子往門邊走，還順手抓走了黃叔叔。

「你跟我回去向街坊鄰居說清楚！」

「等……」大洪還想多說些什麼，鐵門就在眼前狠狠甩上了。他不可置信的看著緊閉的大門，最後嘆了口氣，落寞的坐回椅上說：「也好啦！反正都決定要棄權了。」

聽到哥哥喪氣的話，小洪沉默的收拾好背包，也離開了倉庫。

在空盪盪的倉庫中，只剩大洪一人，他索性隨地一倒，頹廢的自問：「唉！現在該怎麼辦？」他多渴望爸爸還在身邊，他的良師兼益友一定會想辦法幫助他解決困難，但那畢竟不可能，在殘酷的現實中，只有空洞的回音伴隨著他。

10 雙重跳動音符

經過那天爭執，他們已經多天荒廢了練習。這幾天，小洪都顯得鬱鬱寡歡，連小妹都感染了他們的憂鬱，悶悶不樂起來。大洪深覺自己又搞砸了，他無可避免的回想起發生火災那天，他們原本要出門購物，但他和小洪卻一直要求爸爸放錄影帶給他們看，於是媽媽帶著小妹出門，留他們父子三人在家。

想想都是自己的錯，小洪只是跟著瞎起鬨，如果不是因為他的任性，也不會害小洪受傷、爸爸失去性命……他越想越自責，乾脆放任自己像個遊魂，哀怨的癱在公園長椅上，就在他大腦一片空白的時候，他瞥見黃叔叔手上拿了兩罐飲料走來。

「找到你了，上次真抱歉啊！」

大洪默默搖頭。「叔叔，是我要道歉，你幫了我們那麼多忙，可是卻……」黃叔叔刻意忽略掉大洪的自怨自艾，他將罐裝果汁塞給他，接著一屁股坐在大洪身旁。「那天的事，我都聽曉雙說了，你們那時在談棄權的事啊？」

「叔叔，就像阿姨說的，扯鈴隊要棄權，也跟解散差不多了。畢竟我們太弱了……」大洪說：「就算沒棄權，我們也不可能贏得了胖達，他們有世界冠軍設計的新招式……」

「那也說不定啊……」黃叔叔聳聳肩說：「我們可是有阿良師的指導耶！」

「你沒看到他們練習才會說得那麼輕鬆。」大洪垂著肩膀，無力的反駁著。

「或許世界冠軍真的很厲害吧！但重要的是，你真的想放棄嗎？」

沒想到自己曾經拿來問曉雙的話，竟然也會有被反問的時候，大洪沉默了許久。

「你以為你隨便說要放棄，你的隊員們就會同意嗎？隊長？」曉雙突然從樹後跳出，他推了推眼鏡，假裝自己很酷的樣子。

「阿雙？」大洪雖然訝異，還不忘糾正好友的錯誤：「我是領隊啦！」

「而我是代理隊長，我不同意棄權。」曉雙說。

「我也不同意！」曉實和小洪也牽著小妹，像雨後春筍般一個個從樹後冒了出來。

「你們不是被罵了嗎？」

大洪喜出望外的望著隊友們，經過上次和張阿姨面對面的經驗後，大洪完全

回想起張阿姨的嚴厲，他深刻體會了雙實兩兄弟的壓力。

「為什麼會？」

「關於這件事……」黃叔叔自豪的說：「解鈴還須繫鈴人！」

「我們可費了一番工夫才讓我媽消氣呢！」曉實打斷爸爸的話。「你知道，她就是愛面子，為了讓扯鈴隊繼續參賽，我們叫老爸到里民大會上公開道歉，讓我媽風光極了。」

「黃叔叔，謝謝你……」

「你不用謝！」曉雙冷漠的說：「他是自作自受！」

聽到兒子的評語，黃叔叔忍不住哀怨的嘆氣著，但沒有人理會他。

「而且這也都歸功於我。」曉雙難得露出頑皮的笑容說：「我和媽媽做了交換條件。」曉雙推了推眼鏡說：「我跟她保證參加完這次比賽，以後絕不會再玩扯鈴，最後加上複習考的名次提升。」

「阿雙……」

「這沒什麼啦！她氣消就好，重要的是我們怎麼度過這次難關！」曉雙說：

「我還記得你說過，我們是一個團隊，就算要棄權，也得要全體同意才行！」

「可是……」聽到平時最沒幹勁的阿雙竟然說出積極的話，讓大洪不禁感動在心裡，但一回想起胖達隊練習的畫面，大洪猶豫的說：「我們不可能贏的，對方是零失誤的世界冠軍……」

「那也不能先認輸啊！」曉實不滿的說。

「沒錯！會不會贏，還是要比了才知道！難道你就這麼不相信我們嗎？」曉雙說。

面對隊員們的積極，大洪總算回復了點信心。「我知道了，對不起……我們一起想辦法吧！」

「嗯……可是……要怎麼做呢？」

「嗯……」

少年們才解決了一項難題，決定共同面對考驗，但還沒享受到團結的快樂，就不得不陷入苦思的困境，問題又回到了原點。

「啊呀！你們也真是的！」坐在一旁的黃叔叔再也沉不住氣。「去找教練商

量不就好了！」

在出發拜訪阿良師的老家前，大洪終於拆掉了箝制右手的石膏。照例，黃叔叔請大家到海產店吃飯慶祝，只見大洪不靈巧的嘗試用右手挾菜，又被大家嘲笑了一番。雖然醫生囑咐還不能做激烈運動，但想到就要可以重拾扯鈴，大洪才不在乎被嘲笑呢！

當大洪的手傷穩定後，他們乘著黃叔叔的老爺車，風塵僕僕的趕往阿良師位於中部山區的老家。在森林芬多精的包圍下，他們順利找到了教練居住的古樸四合院。一下車，就見阿良師好整以暇的坐在院子裡曬太陽，一點都不意外他們的來訪。「我就在想，當你們發現享亮是敵隊教練時，什麼時候會來找我。」

「教練，你認識林享亮啊？」

「什麼認識？」阿良師將放在梁柱旁的扯鈴拿起，輕鬆露了一手林享亮奪得世界冠軍的絕招。

「教練！你怎麼會林享亮的絕招？你這麼厲害，怎麼沒有教我們？」曉實抗議的問。

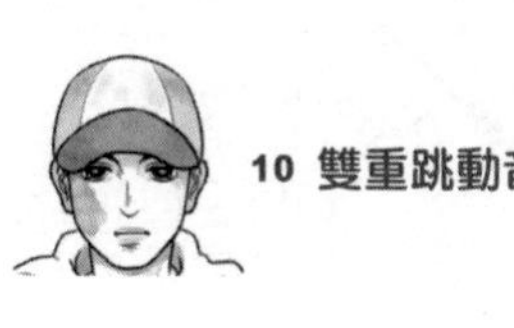

「就算教了，你們這些小毛頭也來不及練會啊！想當初我和享亮一起創造這個招式時，他可是練了十年以上的扯鈴，功夫扎實啊！」

「教練，你是世界冠軍的老師啊！」眾人又驚又喜的問。

「那當然，全台灣哪還找得到可以培育世界冠軍的老師？」阿良師臭屁的說：「除了我以外，就算是阿洪仔，恐怕也得過個幾年才有那個功夫！」

提起去世的爸爸，洪家兄弟又露出感傷的表情，氣氛瞬間變的凝重。黃叔叔趕緊打破沉默說：「那師傅，你快點幫小鬼們想想辦法啊！」

「辦法我早就想好了。」

「真的嗎？」

「想了一個簡單，又可以展現團隊默契的技巧，好看又夠水準，只是……你們練得來嗎？」阿良師皺著眉，質疑的問道。

大家你看我、我看你，沒有人敢回話。

「不試試看怎麼知道？」大洪代替隊員們，勇敢接下挑戰。

「好，真是夠魄力。」阿良師讚賞的說：「那就看仔細囉！」

只見阿良師俐落的運鈴，他先使了招「跳動音符」，先將扯鈴用特殊的纏法固定後，連帶扯鈴向空拋擲，阿良師俐落的接到後，馬上再來個轉身拋鈴。「這是跳動音符，大家都知道喔！」

確定少年們都點頭後，阿良師叫小洪也運起鈴來，聽他的口令一起做一遍，並增加指示：「等等拋鈴的時候，你和我連棍『互拋』。」

平時的「互拋」是指扯鈴互相交換，但阿良師卻要連棍一起，如果技術不純熟，可能會在接到棍後打結。小洪差點就漏接了，但他大步一邁，勉強接到了。

「接著等等轉身拋鈴時，我們要邊轉邊換位置。」阿良師指示著。

小洪會意點頭，阿良師靈巧的步伐讓小洪勉強才跟上。

順利示範完畢，阿良師驕傲的說：「這招就叫『雙重跳動音符』！你們隊拿手的是體操，就要多利用肢體變換招式。雖然會增加接鈴的困難，但比起突然練習超高技巧，反而可以減少失誤，又能凸顯默契和技巧。這可是我研發了三天才想出來的招式呢！」

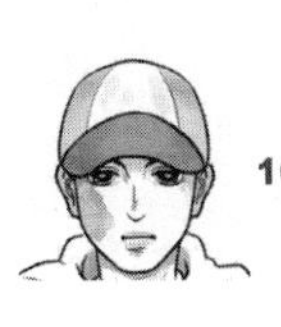

「原來只要三天就可以發明新招式啊！」曉實驚訝的問。

「傻孩子，我花三天，你們可能要花三年呢！」阿良師說：「這可是得要有三十年以上的經驗，才能研發出來的，是濃縮了智慧的結晶與經驗啊！而且剛剛我只示範了互換一次，但你們要練到互換三次。到第三輪後，我還要加入個人強項，雙仔要連續轉圈，實仔要後空翻，小洪仔要加上旋風金勾，最後再全體使一次『雙重跳躍音符』結束這段連續招式。」

聽到複雜的招式，大家紛紛拉長了臉，但還是乖巧的練習起來。

當小洪與曉實兩人嘗試雙重互換時，只見他們兩人不是纏線，就是摔鈴，一點都不見扯鈴高手的風範，看來阿良師說的並不誇張，這的確需要三十年技巧。

曉雙見狀，倒是先分析起招式的分解動作，試圖用理論快速掌握訣竅。

長廊下，微風吹拂，看著少年們認真練習扯鈴，阿良師悠哉的翹起腳，好整以暇的坐在竹椅上，拿起菸斗抽了起來。

「教練。」不像其他人馬上拿出扯鈴練習，大洪把握機會來到老師傅身邊。

「你想知道林享亮的事？」薑果然是老的辣，大洪還沒問出口，阿良師就點

出了他的疑問。

大洪趕緊點點頭，並用期盼的眼神看著阿良師。

「教練……爸爸真的輸給了林享亮嗎？」

「輸？他們又沒有同台較勁過，怎麼會輸？而且阿亮仔算是阿洪仔……你阿爸的師弟吧……」

「爸的師弟？所以他們沒有比過賽？」大洪越聽越糊塗，那爸爸怎麼說自己輸了？

「是沒比過，你阿爸前腳才離開，說要去結婚當老師養家時，還在唸書的阿亮仔就出現啦！」阿良師得意的說：「我趕緊把握時機，加上那小子夠有骨氣，他那時啊！可是一天練上五、六個小時，哪像你們練三個小時就嫌累！」阿良師抽了一口菸斗，繼續說：「剛好他又是唸藝術的，很有舞台天分……」

「舞台天分？」

「你以為扯鈴只要運得精、運得巧就好了嗎？」一說起扯鈴，阿良師就顯得特別興奮。「這畢竟是雜技，得要能吸引觀眾目光，我和享亮一起研究了許多技巧，在節奏上下了許多功夫！」

「那我爸果然沒有天份嗎？」大洪表情黯淡的說。

「孩子，這和年代、機運都有關係。」阿良師說：「你爸不是沒有能力，他只是選擇了其他的路。不過看到阿亮仔在扯鈴技藝上的成就，他多少心理有些遺憾吧！」

「所以，爸爸才說自己輸給他。而且一提到林享亮，就顯得很沮喪……是這樣嗎？」

「那我就不知道了，至於你呢……」阿良師精明的盯著大洪的傷疤說：「想走這條路不是沒機會，只是恐怕會更坎坷……」阿良師沒說出口的是，大洪畢竟沒有親切的長相，這在舞台上是很吃虧的。

「不過世事難料，誰知道呢？」阿良師意味深長的看著大洪說：「塞翁失馬，焉知非福。」

大洪不懂阿良師的意思，正想問得更清楚時，就被隊員們的吵鬧所吸引。

「成功了！」曉實興奮的聲音打斷他們的交談，他們循聲一瞧，只見小洪與

曉實倆人手舞足蹈的歡呼著。

「成功了？」阿良師問：「那使來瞧瞧？」

但見小洪與曉實倆人運鈴拋鈴加上轉身順利完成，卻在緊要關頭又卡繩了。

「怎麼會這樣？剛剛明明成功了？」曉實納悶的問。

「那表示你們根本還不行。」阿良師嚴厲的說：「僥倖接到一次就說是成功了，那上台時怎麼辦？賭運氣？」面對教練嚴厲的語氣，少年們慚愧的低下頭。

「起碼要成功過數百次，閉著眼睛也可以成功才准說成！」阿良師對著皺眉頭的兩個少年說：「繼續練吧！」

「喔……」

他們就這樣從早上練到傍晚，練到月亮都出來了，映照在四合院的院子裡才肯休息。晚上，黃叔叔運用現有的食材煮出了豐盛的晚餐，他們就看著月光，聽著草叢中的蟲鳴蛙叫，在院子裡生起了營火，邊烤火邊吃飯。

「你們今天就睡這吧！」阿良師不容反對的說。

練了一整天的少年們，各個肌肉痠痛，一沾到床，倒頭就呼呼大睡了。唯獨

大洪還醒著，他隱約覺得傷勢剛好的右手又疼痛了起來，卻不願讓任何人知道自己的情況。

隔天清晨，山區的霧氣未散，天微亮，就聽見扯鈴運鈴的聲音與鳥叫聲互相爭鳴著。隔著竹窗，阿良師滿意的看著四個少年勤奮的在院子裡練習。

第二天的練習，大洪因為手傷還未完全恢復，只做了簡單的運鈴，不過相隔兩個月後能重新玩扯鈴，已經讓他感動不已，連基本的運鈴都用心練著。而小洪與曉實已經能掌握「雙重跳躍音符」的技巧，成功率提高許多，但曉雙卻依舊沒有太大進展。

結束了這兩天一夜的行程，臨別前，阿良師特地找來相識已久的製鈴老闆，為他們提供了新式扯鈴。

「工欲善其事，必先利其器。」阿良師說：「你們之前用的也是好鈴，不過我建議你們就改用這款新鈴吧！這款啊！唉……也是進口貨，改了重心，更容易上手。」他把鈴遞給他們。

「教練……」曉雙接過鈴，顯的欲言又止：「我……」

「你啊！」阿良師又發揮自己透視人心的專長，曉雙還沒說完，就直接回答他的問題：「不是不行，只是太講究完美了，這是團體比賽嘛！放心交給隊友，讓大家支援你吧！就算失誤也沒什麼大不了的。人生嘛！沒有人是全能的，如果不順利，大不了改動作嘛！」阿良師暗示的說。

「對啊！阿雙。」大洪也跟著說：「就像你說的，我們是一個團隊，有什麼狀況一定會互相幫助的。」

「是嗎？」曉雙冷淡的回應著。連續轉身和體操動作都難不倒他，但連日的卡線和掉鈴挫敗讓他一點都提不起勁來，他又不想讓自己顯得很無能，不肯要求換動作。

大洪明白曉雙的鬥志動搖了，但他相信等曉雙熟悉了新招式，自然就有信心了。大洪覺得拜訪阿良師的計畫，讓他們彷彿吃了定心丸。他難得放鬆下來，覺得還好自己有信任隊員們，沒有決定棄權。

回程的老爺車上，所有人都睡得東倒西歪，除了開車的黃叔叔和曉雙以外。

11 解散扯鈴隊

「喂！」大洪抱著扯鈴背包擔心的問：「阿雙，真的沒問題嗎？」

幾天前才取下石膏，右手剛恢復自由的他，還不習慣可以自由奔跑的感覺，他正努力維持平衡中。

曉雙和曉實跑在大洪的兩旁，三人急忙趕往決賽會場。會這麼倉促還是那件老問題，如何順利安撫張阿姨。

因為雙實兩兄弟太過頻繁的練習「雙重跳動音符」，讓張阿姨又發火了。面對實在很難搞定、反反覆覆的媽媽，曉雙與曉實使出渾身解數，終於讓媽媽同意兩人外出，但也因此耽擱了不少時間。

「應該啦！反正這次就是決賽了，之後也不用再為了比賽的事跟媽媽鬧意見了。」曉雙難得率性的說。

大洪知道從中部回來後，曉雙依舊沒辦法熟練新招式，因此心情很是焦躁。大洪原本以為只要有足夠的練習，曉雙自然會產生自信，但看來似乎並非如此。他小聲的向好友詢問：「阿雙……你今天狀況如何？」

曉雙露出陰鬱的神色說：「我也不知道，先到會場再說吧！」

他們來到遊樂園時，圓形舞台下的觀眾竟然有上次的三倍之多，曉實興奮的吹了個口哨，說：「哇！人超多的！而且有好多我們學校的學生喔！」

聽到曉實的話，曉雙原本黯淡的臉色變得更加蒼白。他們順利穿過人群來到後台，那兒比預賽時要來得空曠許多，各隊可使用的空間變大了，這讓大洪有股不好的預感……人變少了就表示更容易遇見胖達隊。

「你們還是來啦？」

果然不出大洪所料，雖然他一點都不想猜中。

胖達出現在他們面前，用比平常還要討人厭的語氣搭訕著：「呦！你的傷好啦！那你今天要出場囉？不過就算你出場也不可能會贏啦！只會讓你們更丟人而已！」

「我們先去練習吧！」已經為隊員狀況心煩不已的大洪完全不想搭理胖達，他故意轉身整理背包，無視對方的奚落。

偏偏胖達今天比平常更有毅力，堅持要吸引大洪注意，他擋住大洪的路。

「現在才練習也太晚了吧？」

大洪無奈的閃過他。「那不關你的事。」他對隊員們說：「我們走吧！」甩掉胖達，他們來到舞台後方的小廣場，那邊已經有許多隊伍在熱身，他們趕緊加入，把握最後一次熟悉隊形的機會，若能穩定隊員焦慮的心情更好……大洪原本是這麼打算的。或許是胖達的譏諷影響了情緒，他們的練習一直不順利，曉雙的失誤甚至比平常要來的更多。

「阿雙，放輕鬆，像練習時那樣就可以了。」大洪關心的說。

聽了大洪的鼓勵，雖然曉雙盡量表現的毫不在意，卻還是失誤連連。此時，無敵胖達隊也出現在廣場，他們人多勢眾，一下就佔去了大部分空間。而當胖達眼尖瞄到了大洪，馬上率領所有隊員包圍他們。

「喂！大洪，你和你那幾個三腳貓隊友還好嗎？」

因為練習不順利，加上胖達調侃的語氣，大洪一臉肅穆的瞪著他，希望對方看得懂氣氛，不要來煩他們。

「呦！好恐怖的臉，不愧是上屆的全國冠軍，嚇死人了！」胖達酸酸的說：「不過畢竟是過去式了，你現在那副殘障身體還可以耍扯鈴嗎？」

看來對方不僅聽不懂人話，也看不懂臉色，大洪無奈的撇過臉說：「阿雙，你試試這個。」他將重新換好線的扯鈴棍遞給曉雙。

「喂喂！架子真大，連老朋友關心一下都不行。」

既然大洪不理他，胖達故意緊盯著曉雙練習，直到他又掉鈴了，馬上幸災樂禍的說：「大洪，你確定你有選對隊友嗎？不過是練習就一直失誤，等到正式上場，不要說冠軍了，連優選都得不到吧！」胖達滿意的看到曉雙刷白的臉色，才轉身拿起自己的扯鈴。

「走吧！我們也趕快把握時間對一下招式，雖然不用對也知道，我們穩贏的啦！有世界冠軍做教練，上屆青少年冠軍算什麼。」胖達自豪的發言順利引起別隊怨恨的目光，但當無敵胖達隊運起扯鈴，動作與呼吸完全一致，接二連三的完成超高難度技巧後，那些目光也由怨恨轉為無奈與不甘。胖達雖然囂張，但他的隊伍的確很有兩把……不！是三把刷子。

「算了，我還是不要上場好了。」瞧見胖達隊近在眼前的完美表現，曉雙沮喪的放棄練習，垂頭喪氣的走回休息區，他把扯鈴棍一丟，癱坐在木椅上。

「阿雙……」大洪和其他隊員趕緊跟著他回休息區。

「哥……」

「不要管我啦！我哪像你們啊！又是扯鈴高手，又是運動健將！」曉雙乾脆自暴自棄的將隊服脫掉，扔在一旁。連日累積的挫折終於壓倒了他，他將臉埋在手裡，彷彿是隻鴕鳥，可以不用面對現實。「我想的太簡單了，自以為學了幾個新招就有機會贏。大洪說得對，我們早該在比賽前棄權，就不會到這丟人現眼。你也看到那個胖達隊了，我再練一百年也比不上他們。」

「我們的招式也不差啊！」

「是不差，但也比不上胖達隊，你看到他們的『萬里長城』了吧？果然人多就是好看，哪像我一直失誤……」

「你只是太緊張了，只要心情平復下來，一定可以順利完成動作。而且你有我們啊！我們都會支持你。」大洪緊張的鼓勵著，他擔心曉雙會因此一蹶不振，放棄比賽。「不是只有你在跟他們比，我們都和你一起努力！」

「哥！我們好不容易爭取到參加比賽的自由，如果你放棄，那和媽做的協議不都白費了！」

「可是，我只會扯你們後腿……」曉雙說：「而且，大洪你從來沒有跟我們說過自己是全國冠軍耶？你果然不信任我們。」

「那是火災前的事，和現在沒關係。」提起過去獲獎的事，讓大洪想起過世的父親，也變得鬱悶起來，但他強迫自己轉換心情，目前最重要的是安撫阿雙。

「沒差啦！反正我還是別上場了。」曉雙厭倦的說：「既然你的手好了，換你上吧……」

「哥！」曉實不可置信的叫著：「大洪沒有練習團體招式耶！」

曉雙搖搖頭，不願聽弟弟的話，他繼續自暴自棄的說：「如果不是因為大洪受傷，根本不需要我上場，既然現在傷好了，理所當然讓他參賽。」

「可是一直和我們練習的是你耶！」

「反正大洪一定馬上就能上手了！」曉雙麻木的說：「我不管，反正我要走了！」曉雙拎起自己的扯鈴背包，轉身快步邁出休息室，突然的舉動讓其他隊員們都不知所措。

「哥！」曉實驚慌的對著哥哥的背影喊道，但曉雙頭也不回的離開了他們。

他們不可置信的望著彼此。

「現在怎麼辦？」曉實和小洪都望著大洪，希望大洪能找出解決的辦法。

「我去找他回來！」曉實說。

「不用了，他現在的狀況很糟，讓他休息吧！即使勉強他上場，對我們和他都不好。」對於沒能安撫好隊員情緒，大洪感到自責又挫敗，他強忍著沮喪，故作堅定的說：「我來代替阿雙上場！我們把握時間，做最後的練習！」

大洪忍耐著去追曉雙的衝動，強迫自己以團隊為優先。他硬著頭皮將隊員帶回廣場練習，並慶幸的注意到胖達隊已經離開廣場了。經過剛剛的事情，如果此時再看到胖達那張嘲諷的臉，大洪擔心自己會控制不了壓力，狠狠的將胖達當受氣包打。

他們盡可能對了許多次招式，大洪將曉雙拿手的連續轉圈拋鈴改成和小洪一樣的連續旋風金勾，表演卻也因此與原本的風格不同。

「真有你的，老哥！」看了小洪與大洪雙搭的旋風金勾，曉實興奮的脫口而

出：「說不定換你上場是對的！」他才說完，就看到大洪無奈的眼神，他知道自己說錯話了，趕緊解釋：「不是啦！我的意思是，我哥容易緊張，本來做得好的也都做不到了，你就穩定多了。當然，熟練度還是我哥比較好，是嗎？」

「現在時間緊迫，也只能這麼修改了。其實『雙重跳躍音符』是師傅為了曉雙設計的……」大洪遲疑的說出自己的觀察。

「真的嗎？」曉實驚訝的轉頭問小洪。

只見一直沒開口的小洪，默默點頭附和。

「怎麼說？」

「『雙重跳動音符』最重要的是身體的敏捷度，師傅知道曉雙很有彈性，所以設計了這個動作突顯他動作的優雅，再搭配你們兩個各自的風格，整體效果看起來會很有層次。現在硬改動作，原本華麗的效果就減半了……」

聽了大洪的解釋，曉實沮喪的問：「這樣喔……那我們有贏的希望嗎？」

「如果是曉雙上台，機率會高一點……」大洪不敢向弟弟們說，經過剛剛密集的排練，他的右手又開始隱隱作痛。但即使只有一點可能，他也要拿到冠軍，

畢竟說到底，這件事攸關小妹的未來。

他們利用剩餘的幾分鐘喘口氣，沒休息多久，台上的比賽就開始了。

主持人這次穿著咖啡色長裙，蓬鬆裙襬加上頭上的扯鈴造型帽，讓她整個人變身成一個放大的扯鈴。實力堅強的各隊一一被召喚上台，沒多久就輪到陽光扯鈴隊上場了。大洪忐忑的領著隊伍上台，一上舞台，就看到密密麻麻的人群坐滿了圓型看台，而寫著隊名的顯眼紅布條，讓他們一眼就認出了黃叔叔的身影。大洪努力想尋找曉雙，但看台上大約有上千位觀眾，根本不可能找得到。

主持人的介紹結束後，他聽到自己錄製的配樂從喇叭中播放出來，他深吸一口氣穩定心神，帶領隊員開始表演。

如同練習時一樣，他們順利完成了大部分招式，每完成一個招式，就博得滿堂喝采。就在大洪逐漸安心，覺得他們可以順利完成表演時，右手的隱隱作痛逐漸變成劇痛，每做一個動作就讓他滿頭大汗，他必須咬緊牙根才能撐住扯鈴。就在最後的團體絕招「雙重跳動音符」時，劇痛的肌肉讓他轉身後漏接了扯鈴，雖然小洪趕緊撿起扯鈴，再拋了一次給他，但大洪卻依舊在同個地方漏接，配樂無

情的結束，他們來不及完成最後一個動作，伴隨著觀眾稀落的掌聲黯然下台。

此時，大洪與扯鈴隊的隊員心中只有一個念頭，他們失敗了。連日的練習白費了，失魂落魄的他們一到後台，就看到胖達在台口擺出了最囂張的氣勢迎接他們。

「大洪，陽光扯鈴隊也太遜了吧！既然會失誤，就不要想要那麼複雜的隊型嘛！」

大洪緊抓著扯鈴棍，努力克制自己忽視胖達。失誤的打擊充滿了他的心中，他沮喪到甚至不在乎劇痛的右手，而隊員們也各個垂頭喪氣，鬱悶不已。

但胖達才不管他們的心情，繼續諷刺：「你們最後那招是啥？變形的跳動音符？真是糟蹋。如果一開始知道自己的斤兩，乖乖做『螞蟻上樹』，說不定分數還會比失誤高呢！」

胖達的取笑也娛樂了其他參賽隊伍和隊友們，大洪強迫自己忽略那充斥在休息區的尖銳笑聲，他迅速收拾好東西，領著失落的隊員們，準備到舞台區等待名次公佈，胖達卻刻意擋住了出口，不想放過打落水狗的大好機會。

「你爸要是知道，你連那麼簡單的招式都做不來，應該會死不瞑目吧？不過還好，你還可以用舊傷當作藉口。怎麼樣？被火燒的感覺還會痛嗎？你是不是很想抱著爸爸痛哭？好痛喔！好痛喔！」他回頭向背後的隊員們擠眉弄眼，假意哭訴了一番，逗得隊員們又是一陣哈哈大笑。胖達回過頭來準備再對大洪譏笑時，但他連個字都還沒說出口，就被扯鈴背包砸得頭昏腦脹，事情發生的太突兀，所有人都呆住了。

「不准你再提到我爸，你難道連一點尊重都不懂嗎？」大洪拎著剛被自己充當兇器的背包，忍無可忍的怒斥道。

當著眾人的面被修理，胖達憤怒得臉都歪了。「洪志文，你竟敢打我！」胖達摸著被背包砸紅的臉，憤怒的說：「你以為你現在還是全國冠軍嗎？沒有你那教練老爸挺你，你現在不過是個難看的殘障！」胖達狂罵之際，突然感覺臉上又濕又熱，他伸手一摸，摸到臉上的鼻血，看著一臉堅決的大洪，胖達抓狂的說：「你完蛋了！我今天不揍扁你就不叫胖達！」

他伸手揪住大洪的衣領，舉起右手就要往他臉上揍，雖然大洪的身型比胖達瘦小許多，卻也不甘示弱的接住他有力的拳頭，與他扭打成一團。

看到隊長動手了，曉實與小洪也不再忍耐，早在胖達開口嘲笑他們時，他們就很想痛扁他一頓，抒發失敗的鬱悶，但礙於大洪一直默不作聲，他們也只能保持沉默，而這只到剛剛為止。

曉實英勇的揪住離他最近的兩個胖達隊員，結實的他以一打二還能站上風，但小洪卻被兩三個胖達隊的人包圍，勉強抵抗著。陽光扯鈴隊在人數上就輸了，其他參賽者看見了，趕緊奮力拉開兩隊隊員，雖然大洪與胖達打得難分難解，這場衝突還是順利被制止了，但後台的騷動卻已經驚動了主辦單位。

打架雙方都掛了彩，為了將兩個團體區隔開來，陽光扯鈴隊被帶到醫護室，而無敵胖達隊則被主辦單位安排在空間較大的餐廳區休息。

醫護室內，大洪被找去向主辦單位說明原由，留下小洪和曉實焦慮的等待。他們最擔心的莫過於扣分了，比賽時的失誤已讓他們與冠軍無緣，但若連第二或第三都排不到，那連不無小補的獎金都拿不到了。

「喂！我都聽說了！你們怎麼搞的！」曉雙推開醫護室的門走進來，他驚慌

的關心著：「失誤就算了，怎麼會跟人打架！」

「哥……你沒回去喔？」曉實用冰袋壓著烏青的臉頰，訝異的問。

「我沒看到你們贏，怎麼會回去？」曉雙巡視著弟弟們的狀況。「大家沒事吧？大洪呢？」

原本在包紮手肘擦傷的小洪突然站起來，用力推了曉雙一下，並以怨恨的眼神看著他。

「小洪？」曉雙意外的看著一向溫和的洪家小弟。

「小洪！你冷靜一點！」感受到小洪憤怒的曉實趕緊打圓場。「等大洪哥回來再說吧！」

才說人人就到，大洪推開醫護室的門走了進來，所有人緊張的盯著他。

「大洪哥，如何？我們有得獎嗎？」

大洪艱難的看著隊友們，他哽咽的開口：「剛剛主辦單位找我過去，說因為我們帶頭鬧事……所以已經取消我們的參賽資格了。」

「怎麼這樣！」曉實又驚又怒，舉著拳頭抗議著。

「而胖達隊……因為他們算是防衛，所以不予處分。」

「明明是他們先挑釁的！太過分了！這算什麼！」曉實激動的轉身往外走。

「我要去抗議！」

大洪趕緊攔住他說：「阿實！算了，的確是我先動手的。」

「那時在休息區有那麼多人，我們可以找他們做證！」曉實可不打算輕易放棄，他說：「你會動手，都是因為胖達太白目了，他自己討打！」

「阿實……」曉雙揉著太陽穴，失落的說：「你這樣只會幫倒忙，而且先動手的確是我們不對。」

「哥！你到底站在哪一邊啊！」

「當然你們這邊！」曉雙試圖安慰大家，他說：「大洪，我們還可以再找找看其它的比賽……」

大洪這才意識到曉雙歸隊了，他雖然很高興，可是取消資格的事卻讓他笑不出來。

「我看還是算了……」

他們還沒消化完這個晴天霹靂的消息，醫護室的門又被用力推開，張阿姨怒氣沖沖的走進來。

「我在看台上面看了老半天，都沒有看到曉雙！」張阿姨生氣的問。「花了那麼多時間練習，結果搞半天，不用他上台喔？」

「不是啦！媽，妳聽我解釋……」看到媽媽，曉雙試圖想解釋。

「不用說那麼多廢話了，既然比賽結束了就快點解散！你竟然沒有上場，我還帶了一堆老主顧來加油，跟他們炫耀說你又會讀書，又玩的一手好鈴，結果害我的面子都丟光了，還好曉實有上場！真是的！不要再浪費時間了！趕快跟我回去，接下來都不准再提有關扯鈴的事了！」張阿姨一手拖著曉雙，另一手推著曉實。「你也一樣！」

兄弟倆又像上次在倉庫時一樣，連招呼都來不及打就被媽媽拖走。大洪呆愣的看著倆兄弟的背影良久，才對同樣一臉疲倦的小洪說：「我們也回去吧！陽光扯鈴隊，解散了……都結束了。」

小洪點頭，和哥哥一起落魄的走出醫護室，離開了遊樂園。

12 危機就是轉機

令人沮喪的比賽結束後，大洪像往常一樣，更正確的說，是像還沒與黃家兄弟重逢時一樣，即使是假日，也是一早起床，緩慢而謹慎的換著繃帶，房間內依舊瀰漫著藥膏的刺鼻味。

傷疤要完全復合需要一段時間，先前開始練扯鈴時，他總是匆匆忙忙的整理敷藥，急迫的完成家事，而現今回復了原本作息，他卻沒有鬆了一口氣的感覺，反倒覺得落寞。

「小洪，起床。」他輕敲床板。

結束比賽後，他對小洪的態度溫和許多，不像之前強勢的大哥態度。如預期般沒有得到回應，大洪瞥了眼書桌上的焦黑獎杯，他隨手抓起外套蓋在獎杯上，不忍多看。

走進客廳，小妹也一如往常，乖巧的打招呼。

「哥哥。」

洪小妹坐在沙發上看繪本，她年紀還太小，雖然可以模糊感覺到哥哥們的沮喪，卻不知發生了什麼事，也不知如何詢問。

「我看懂ㄅ和ㄆ了，你要聽我唸嗎？」

「好啊！等等我先煮吃的，妳想吃什麼？」

「義大利麵！」

自從哥哥們不知在忙什麼開始，小妹已經有好一段時間沒能吃哥哥煮的菜，所以聽到可以點餐，她興奮的說了情有獨鍾的義大利麵，因為她特愛吃起來酸酸甜甜的醬料。

「我看看有沒有番茄喔！」大洪走進廚房，打開冰箱尋找食材時，電話剛好響起。

「喂！你好，請問你找誰？」洪小妹俐落的接起電話，用童稚的嗓音有禮的詢問著。

「誰打的？」電話掛斷後，大洪問道。

「舅舅打的，他說醫院的手續辦好了。還有……還有……」洪小妹歪著頭，努力回想剛剛交代的事。「還有，我們下午可以過去看舅媽，帶些……嗯……帶些……」小妹露出困惑的表請。

「帶些水果嗎？」大洪邊清洗兩顆冰得皺巴巴的番茄，邊體貼的接著說完。

「對！」洪小妹開心的說：「帶些水果！」

她蹦蹦跳跳的跑到廚房，抱著哥哥的大腿問：「哥哥，為什麼舅媽不住在家裡呢？」

「舅媽生病了，要住醫院接受治療啊！」

「那是不是舅媽去住醫院了，」洪小妹天真的說：「就會換媽媽來和我們一起住呢？」

「……」聽到小妹童稚的想法，大洪不知道該怎麼回答，只覺得一陣鼻酸。

「嗯！可能不會喔……」他吸了吸鼻子說。

「那要怎麼樣才可以讓舅媽和媽媽都和我們一起住呢？」洪小妹發揮打破砂鍋問到底的精神，再接再厲考倒大哥。

「我也不知道耶……」大洪誠實的說。

「也有哥哥不知道的事情啊！」

「哥哥不知道的事可多了……」他就不知道該怎麼籌小妹的保母費，大洪心酸的想。

「好吧！」小妹像小大人般，裝模作樣的點點頭說：「那只好我努力學習，以後再把哥哥都不知道的事情教給你。」

面對小妹的體貼，大洪露出了久違的微笑，摸摸小妹的頭：「那麼就拜託妳囉！」

雖說和往常一樣，但其實今天又和往常有點不一樣。今天是舅媽搬進醫院的日子，大洪注意到，客廳和浴室都變得很乾淨，衣帽架上的衣服都收了起來，總是放在桌上的零錢包與記事本也消失了，少了女主人，老舊的小公寓明顯變得空曠許多。

大洪沒有花太多時間感慨，他一向務實，俐落的切好蔬菜，煮好麵條，廚房裡已經飄散著番茄與九層塔的香味。當舅媽發現小妹喜歡吃義大利麵時，就總是會在冰箱準備這道料理的食材，不過自從大洪和小洪忙於練習，他們已經有一段時間沒有自行料理，而是吃黃叔叔準備的便當了。

「義大利麵！義大利麵！」

聞到香味的小妹開心的又唱又跳，還跑進哥哥們的房間，硬是把賴床的小洪挖了起來。她拉著小洪的手走進廚房，充當起小管家來擺起碗筷。

「哥哥，我好久……好久……好久沒有吃義大利麵了！」小妹特地強調了許多次「好久」這個詞。

「舅舅不是也會煮嗎？」

「舅媽不能吃義大利麵，所以我也不吃。」小妹理所當然的說。

「……」聽到小妹懂事的話，大洪無言的將煮好的麵分成三等份。

「你也好久……好久……好久沒有煮給我吃了！」小妹嘟著嘴說。

的確，因為一直忙於練習，反而忽略了小妹，兄妹三人總是匆匆相聚，連飯前的感恩都有段時間沒說了。

大洪不禁內疚的說：「那以後想吃就跟哥哥說，不管什麼時候，我都煮給妳吃！」

「好！」

吃完午餐，兄妹三人依舊不需言語，默契十足的收拾餐桌碗盤，並簡單打掃了公寓，包好垃圾，剛好趕上午休後的垃圾車時間。附近的居民也和他們一樣，準時在巷口等待垃圾車，他們默默加入等待的行列，卻沒想到又遇見那位曾經對大洪的傷疤感到奇怪的小男孩。

「長得奇怪的大哥哥！」

小男孩一眼就認出大洪，他的媽媽趕緊為小孩的失禮欠身道歉，一臉不好意思的模樣，想快點拉著小孩迴避，但小男孩卻繼續大聲的說：「媽，這個哥哥在遊樂園表演過扯鈴耶！你也有看到吧！那一定是他，他臉上的疤很好認呢！」

被小男孩這麼一說，附近居民也紛紛圍靠過來。

「對耶！同學！」一位穿著汗衫的伯伯說：「我也有看到你！很棒耶！可惜最後的動作漏接了，不然你們一定是冠軍！」

「真的耶！小朋友！」一位穿著夾腳拖的阿嬤說：「我也有去看，你們還有在園遊會上表演過吧？不簡單呢！你們兩個都好厲害！」

突然被居民包圍的大洪和小洪，不擅長應對人群的他們，只能露出尷尬的笑

容，還好垃圾車一來，居民們的注意力瞬間被轉移，他們迅速倒完垃圾後一哄而散，只有那位小男孩，掙脫了媽媽的手，逕自跑到大洪身邊。

「大哥哥，我以後也要學扯鈴，像你那樣厲害！」小男孩說完，又跑回焦慮的媽媽身邊。

大洪心情複雜的看著男孩的背影，不知該高興還是遺憾，扯鈴隊似乎達到了希望傳達歡樂和推廣的第二目標，但也失去了賺取獎金的主要目標。

「哥哥，」小妹焦急的說：「如果你要教扯鈴，你第一個要教的是我喔！」

「放心，那是當然啦！」

聽到哥哥的保證，小妹才再展笑顏。

兄妹三人帶著水果來到醫院病房，大洪原本以為舅媽會看起來病懨懨的，但卻頗有精神。閒聊了幾句後，舅舅帶著社工走進病房，大洪馬上就知道，該來的還是會來。結束了探病和面談，他們帶著小妹到經常去的公園玩耍，小妹如識途老馬般，一下就在盪鞦韆附近找到平時的玩伴，很快的打成一片。大洪與小洪則一如過往，坐在公園旁的長椅上，守護著小妹玩耍。

看著小妹開心的模樣，大洪對小洪說：「如果小妹能遇到好人就好了。」

小洪沉默的點頭附和。大洪知道，雖然弟弟從未發表過意見，但對於送養的事，他特別沮喪，因為弟弟最疼愛小妹了。

「小洪，我們有努力過了。」大洪試著安慰道。雖然自己也很灰心，而且明明說過會想辦法保護家人，做弟妹榜樣之類的話，結果卻因為自己的壞脾氣，把難得的機會都搞砸了。

「不知道阿雙和阿實他們怎麼樣了……」雖然小妹的事都還沒處理好，但想起張阿姨抓狂的模樣，還是讓大洪忍不住擔心著雙實兩兄弟。

「已經兩個星期了，阿姨不知道氣消了沒？」自從比賽結束，大洪曾經打過數次電話給曉雙，但每次他表明身分說要找雙實兩兄弟，電話就會被掛斷。

提起雙實兩兄弟，小洪的表情顯露不悅。

「喂！」

遠處好像有人在呼喊，但大洪陷在自責中，他心想，早知道要揍胖達也要等拿到獎金，雖然想這些已經沒意義了，他卻還是不由自主的懊悔著。就在大洪第

一百零二次希望自己沒揍胖達時，他終於瞥見停在路邊的老爺車，而心裡惦記著的雙實兩兄弟竟站在車旁，正對著他們猛揮手。

「喂！快上車，我帶你們去個好地方！」駕駛座的黃叔叔從車窗伸出頭來，對兄妹三人喊道。

「黃叔叔！阿雙！阿實！」大洪納悶的帶著小妹走向老爺車，他的驚訝完全表現在臉上。

「你們沒被禁足啊！」

「被禁足了。」曉雙冷靜的推著眼鏡說。

「那為什麼還可以出門？」大洪不解的問道。

「你也知道我媽的脾氣，過一陣子就會消了，而且有件事就算這輩子都沒有零用錢拿，也得要跟你們說！」曉實誇張的說。

「所以我們就拜託老爸，偷偷把我們帶出來了！」

「什麼事？」

「反正你們先上車吧！」

洪家兄弟帶著小妹乖乖上車。

「我們要去哪？」一上車，大洪就迫不及待的問。

「到了你就知道啦！」曉雙刻意賣關子。

大洪注意到，直到上車為止，小洪都沒有正眼瞧過曉雙，直盯著窗外或者是和阿實互動。曉雙當然也注意到了，他尷尬的推了推眼鏡：「喂！小妹最近還好嗎？」

「我很好喔！」洪小妹開朗的說。

「剛剛我們在醫院和社工見過面了……」大洪沮喪的說。

「我們剛剛和一個很有趣的大姐姐聊天，她說改天要帶我認識新朋友呢！」小妹開朗的說。

「那到時候妳也要把新朋友介紹給我們喔！」大洪苦笑著。

「那當然啦！」

「大洪，關於這件事，或許還有補救的方法。」曉雙不時的偷瞄著小洪的反應。

「什麼辦法？」大洪和小洪幾乎同時問道。

小洪的聲音依舊如記憶中沙啞，還無法順暢說話。平時連大洪問他話，他都不見得會開口，這次卻問得那麼急，大洪意外的發現，弟弟比想像中還要著急小妹的事。

「我知道比賽時，我中途退出也有錯，所以就和爸爸商量，請他幫忙……」曉雙不自在的說：「唉！反正……你們待會兒就知道了。」

大洪滿心狐疑又期待的看著老爺車前進的方向，猜不透黃家兄弟賣的是什麼關子。只見車子順著眼熟的路一直開，竟然開到他們再熟悉不過的歡樂遊樂園。

13 遊樂園的新表演

當車子停好後，大洪終於忍不住困惑問：「我們來遊樂園做什麼？」

「等等你就知道了！」曉實神祕的說。

「我要玩海盜船！」一進遊樂園，小妹就迫不及待的想要玩耍。

「好！」曉實牽著小妹說：「不過在玩海盜船之前，先陪哥哥們去個地方好嗎？」

「什麼地方？」

「和玩耍沒有關係的地方……」曉實絞盡腦汁，不知道要怎麼讓小妹了解他們要去的地方。

「反正海盜船先等會兒就是了，好嗎？」

「喔！」小妹乖巧的應聲答應。

午後的遊樂園擠滿了遊客，他們繞過旋轉木馬、碰碰車、飛天巴士，以及他們最熟悉的圓形階梯劇場。

大洪無限唏噓的看著空曠的舞台，懊悔的念頭又浮現在心頭，若自己當初能忍一忍，或許今天就不需要帶小妹去見社工了。

他們繞過熱門景點，跟著黃家兄弟走進了遊樂園後山，一塊隱密，遊客稀少的區域。

「這一區有開放嗎？」大洪謹慎的問：「我們會不會誤闖了辦公區啊？」

「我們就是要去辦公區。」曉雙說。

「辦公區？做什麼？」

「哈哈！感謝我吧！」走在一旁的黃叔叔再也忍不住，得意的邀功起來。

「叔叔？」

「叔叔，謝謝你！我最愛你了！」

小妹完全不知道發生了什麼事，卻馬上配合的奔向黃叔叔的懷抱，天真的向他道謝。

「小慧最棒了，我也愛妳！」黃叔叔高興的抱著小妹旋轉。

「那要感謝什麼呢？」

「讓我來說明吧！」曉雙不悅的看著自己老爸一點都不正經的模樣。

「你們還記得我老爸和遊樂園園長是好友嗎？」

「啊！」大洪腦中浮現了一個壯碩的西裝大叔。

「記得。」

「剛剛也說了，我覺得……嗯……就是……唉！我臨時脫隊有錯……」曉雙支吾了許久，又再次坦承自己犯的錯。

「哼！」小洪毫不客氣的用鼻子表達了自己的不滿。

「小洪，別這樣。」大洪規勸完弟弟，又轉頭對好友說：「阿雙，你不要想太多。」大洪說：「這原本就是我們要互相的，是我沒有適時協助你，如果我早點幫忙調整你的招式……」

「大洪……」曉雙感慨的看著包容心極強的好友。「反正我中途退出比賽也要反省，所以我和我爸商量了一下，想說有什麼方法可以彌補，他就提了這個建議。」

「什麼建議？」

「雖然老爸平常不怎麼可靠，不過這建議真是酷斃了！」曉實說。

看來雙實倆兄弟不打算直接說，大洪只好跟著走，反正等會用眼睛看就知道了。

不知不覺間，他們已經走到一棟和遊樂園歡樂的氣氛完全不搭，既樸素又不起眼的水泥建築前。

走進室內，木製櫃台後坐著一位時髦的中年婦女。

「我們是『陽光扯鈴隊』，和園長有約。」曉雙說。

對方指示他們搭電梯到了六樓，並沿著長廊走到底，來到了一扇雕工精美的木門前。黃叔叔敲了門後，領著大家走進去。

一進辦公室，就看見園長繞過氣派的辦公桌向他們走來，並熱烈的舉起雙手歡迎著。

「你們來啦！陽光扯鈴隊的小子們。」

「園長叔叔好。」

大洪困惑但有禮的打著招呼，依舊不明白為何要見園長。

「喔！這就是那位小妹嗎？」

「叔叔好，我是小慧，今年五歲。」

「好乖好乖。」園長說：「我從老黃那聽說了你們的事，為了要和小妹住在一起，你們努力想賺取獎金是吧？」理事長看著發愣的大洪。

「所以呢！我打算邀請陽光扯鈴隊擔任遊樂園的假日演出團隊，當然會給你們獎金做為報酬。今天就是要向擔任領隊的你提出邀請，大洪，你願意帶領你的團隊為遊樂園服務，散播歡樂給人們嗎？」

大洪與小洪不可置信的來回看著園長，以及笑到眼睛都瞇起來的黃叔叔和雙實兩兄弟。

「這是？」

「就是我們說的建議啦！」曉雙得意的推著眼鏡說。

「快點接受吧！老哥！」

大洪覺得自己激動萬分，他興奮的說：「如果我的隊員都很支持，那我很願意！」

「我們當然支持！」雙實異口同聲的說。

「耶！陽光扯鈴隊復出啦！」

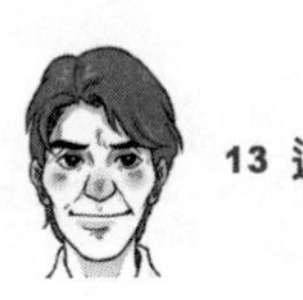

「太好了，恭喜你們！」園長鼓勵的說：「我期待你們的表現！附帶一提，無敵胖達隊也有提出合作的提議。」

大洪與隊員們屏息以待，擔憂得要跟胖達隊合作。

「不過我不太喜歡他們的明星風格，所以拒絕了。」園長聳聳肩說。

「『陽光扯鈴隊』的風格正適合我們遊樂園，加油！」壯碩的園長露出與體型不相搭的可愛表情鼓勵他們，讓眾人都笑了出來。

當他們一起走出那棟建築時，大洪還不敢相信自己的好運，直到曉雙與曉實熱烈的討論著隊形，才讓他逐漸有了真實感。

「我們這次可以來編排四人的隊形！」

「我想加入現代舞的動作。」

看著隊員們興奮的模樣，大洪有感而發，他誠摯的說：「阿雙、阿實、黃叔叔……謝謝你們！」

看見大洪這麼慎重的道謝，反而讓雙實兩兄弟害羞不已。

「這沒什麼啦！」

問。

「倒是那個……你願意讓我再嘗試『雙重跳動音符』嗎？」曉雙不好意思的

「那當然，這原本就是為了你編排的招式！」

小洪終於又對曉雙露出笑容，陽光扯鈴隊的四個少年終於回到了原本默契十足的關係，當然，完成了原本的任務後，他們也沒有忘記帶小妹去玩海盜船，一起度過愉快的一天。

確定演出時間後，大洪馬上著手安排練習。與被取消比賽資格那時相比，大洪更是顯得活力十足，而雙實兄弟倆則繼續使盡花招，向媽媽隱瞞他們的去向，無論扯鈴有沒有進步，可以肯定的是，他們掩護彼此的默契倒是愈來越在行了。

經過幾天密集的排練，陽光扯鈴隊開始在遊樂園的假日演出。這次除了陽光扯鈴隊，還有其他雜耍團與舞蹈團體，各團隊以接力方式讓圓形劇場隨時都有表演可看，遊樂園努力宣傳圓形劇場的新節目，更是讓階梯觀眾席擠得水洩不通。

從後台偷瞄了滿座的觀眾席一眼，曉雙默默的走回座位，他雙眼無神的盯著

扯鈴，頹廢的坐在椅子上說：「我還是不要上場好了……」

聽見曉雙又說洩氣話，其他隊員們紛紛翻了個白眼，這次他們可不打算讓曉雙有落跑的機會，他們趕緊堵住出口，讓原本已經移動到門前的曉雙插翅難飛。

「你們幹嘛？」曉雙緊張的說。

「阿雙，你一定沒問題！我用我爸的名譽擔保，如果真的掉了就算了！」大洪無所謂的聳聳肩，並將曉雙拉回台口。

曉雙不可置信的瞪大了雙眼說：「你在開玩笑吧？在這麼多人面前掉鈴，如果遊樂園覺得我們水準太低，以後不請我們了怎麼辦？」

「反正你就放心吧！」大洪說：「我相信你沒問題的！」

當大洪在後台努力安撫曉雙的同時，觀眾席上，張阿姨張牙舞爪的正跟黃叔叔爭吵著。

「我警告你，你說有關兒子我才來的，如果你敢騙我，我就報警告你騷擾！」

「妳這女人真是不講理！反正妳等著瞧吧！」

黃叔叔氣憤的盡可能遠離張阿姨，要不是為了兒子，他才不想和兇悍的前妻見面咧！

還好舞台上那位有活力的主持人適時邀請「陽光扯鈴隊」出場，否則張阿姨還打算多抱怨幾句。剛開始她還以為自己聽錯了，但一看到上台的少年扯鈴隊，她不禁愣住了，那不就是自稱去圖書館溫書的兩個兒子嗎？

「這是怎麼回事？曉雙和曉實！」

張阿姨怒氣沖沖的站起來想衝上台，把兩個又翹家的兒子給揪下來，卻被黃叔叔死命攔住。

「放手！你這臭老頭！」

「等一下嘛！頂多再等五分鐘，五分鐘就好！妳要抓人，再等五分鐘也不遲啊！」

黃叔叔努力護住頭頂，避免張阿姨的五爪轟頂。「妳上次沒看到阿實和阿雙同台吧？只要再五分鐘就好，妳又不會吃虧！」

當遊樂園那歡樂的配樂一下，張阿姨也像其他觀眾一樣，自然的被吸引住，

也顧不得找前夫算帳，馬上把焦點轉向兒子們的表演，還不忘拿起相機拍照。氣歸氣，兒子的英姿還是得要保留下來。

圓形舞台上，大洪帶領著陽光扯鈴隊，意氣風發的表演了多項他們的拿手絕招。

在大洪的口令下，曉雙第一次完成了「雙重跳躍音符」，大洪對他比了個大拇指。大洪心想，我們果然是最棒的團體。

演出順利結束後，一回到後台，就看到跟著他們下台的同時，從觀眾席衝到後台算帳的張阿姨。

大洪驚慌失措的想安撫她，卻被張阿姨盛氣凌人的姿態嚇得倒退三步，曉雙趕緊擋在他們中間。

「老媽！這個給妳！」

曉雙拿出園長贈送給的感謝狀遞給張阿姨。

其實這是黃叔叔厚著臉皮要求的表揚，園長馬上就答應了，這當然是為了讓兒子能回家交差的小技巧。

果然，張阿姨對感謝狀愛不釋手，一想到可以在里民大會上好好炫耀，她就笑得闔不攏嘴，但為了做媽媽的威嚴，還是故意說：「哼！這次就算了！」

原本緊張不已的大洪也跟著放下心來。

晚上，黃叔叔帶著扯鈴隊的隊員到海產店吃飯。在隊員的包圍下，大洪覺得自從火災事故以來，自己從來沒有這麼高興過，他等不及想要和舅舅以及舅媽分享他們的成功，如果媽媽的情況好轉那就更棒了！

14 焦黑的獎杯

「舅舅！」大洪從背包中拿出裝著獎金的信封，謹慎的遞給正在看報紙的舅舅。

「這是我和小洪的演出費，可以幫小妹請保母……」在扯鈴隊去遊樂園表演前，社工就為小妹預約了有興趣收養的家庭會面，大洪擔心很快會有喜歡小妹的家庭出現，所以一拿到表演獎金，馬上交給舅舅。

看到舅舅不發一語，大洪趕緊又遞上遊樂園贈送的感謝狀，希望同樣的招式對張阿姨有效，對舅舅有也能有效。

「還有這個！遊樂園頒贈的感謝狀。」

舅舅依舊沒有碰那個信封，倒是伸手拿了感謝狀，他露出高興的表情。

「這可不得了，這得要好好裱框起來掛在牆上。」

聽到舅舅這麼說，大洪鬆了一口氣說：「舅舅，保母費也請你收下。」

「大洪……」看著大洪遞上的信封，舅舅收起了微笑。

「大洪，就算要請保母，費用我來出就好了，這些錢是你們兄弟倆辛苦得來的，你好好收著。」

「那舅舅……小妹不用送養了嗎？」大洪驚喜的問。

舅舅心疼的看著大洪，說出令人遺憾的話。「我很抱歉，但請保母畢竟不是長期辦法，為了小妹好，我和舅媽已經決定了。上個星期，就是你們去表演的那個星期天，我和舅媽一起陪著小妹，認識了一對退休的公務員夫妻，他們的孩子都大了，現在想多照顧幾個需要幫助的孩子，除了有照顧小孩的經驗，他們的收入和生活都很穩定。」

聽到收養家庭的資料，大洪更緊張了。

「舅舅！我和小洪還會繼續表演，這只是第一場的演出費！」他焦慮的說：「不管需要多少錢，我們一定會想辦法！」

「這不是錢的問題……」舅舅嘆了口氣。

「總之，他們很喜歡小妹，想要照顧她。當然，如果大姐的狀況好轉……」

「所以只要媽媽恢復清醒，小妹就不用被送養了？」

「這是最好的，可是她的情況一直沒有起色……我們不能拿小妹的將來做賭注。」

舅舅慎重的態度讓大洪明白，自己是多說無益，他和站在身後的小洪對望了一眼，倆人沮喪的回到房間。

「怎麼辦……明明有錢了……」大洪的腦中一片空白。

「現在還有什麼辦法嗎？」

原來，當初他詢問舅舅請保母的意見時，舅舅不置可否的態度，只是要他們做想做的事就好了，因為小妹的將來早就決定好了，根本沒有商量的餘地。

雖然不甘心，但大洪能理解舅舅的理由。即使做了那麼多努力，他們還是只能聽從大人的安排，除了祈禱媽媽情況好轉，已經別無他法了。他以為小洪也跟他一樣接受了事實，卻不知道一向沉默的弟弟已在心裡下了一個決定。

這夜，小洪在床上睜開雙眼，他輕手輕腳走出房間，到小妹獨睡的小房間，將還在睡夢中的小妹搖醒。

此時天還沒亮，整棟公寓安靜的不得了。客廳的鐘指著凌晨四點，再過五個小時，社工就要來帶走小妹了。

「小哥哥，天亮了嗎？」小妹睡眼惺忪的問。

小洪向小妹示意安靜。

「要出去玩嗎？」小妹露出可愛的微笑，乖乖牽起小洪的手問：「那舅舅和大哥呢？」

小洪搖頭，他為妹妹披上外套，牽著小女孩離開了老公寓。

一大早，當大洪起床時，他馬上發覺了不對勁，房間有種特別寧靜的感覺。他探頭察看雙層床的上鋪，發現小洪不在床上。

大洪看了看鬧鐘，納悶的想：「奇怪，才六點半……小洪這麼早起床？」

大洪來到客廳，預期看到小妹坐在沙發上看繪本，卻意外的看見沙發空空如也。

「舅舅帶小妹去醫院了嗎？」自從舅媽住院以來，只要一到假日，舅舅就會趁早去醫院，偶而也會帶小妹去。

大洪納悶的走到廚房，打算煮份簡單的早餐，卻突然聽見舅舅的聲音。

「大洪?你起床啦？」

「舅舅？」大洪意外的看見舅舅穿著睡衣，一臉睡眼惺忪的模樣。

「你沒有帶小妹出去？」

「小慧？」舅舅困惑的問：「沒有啊！我一早起來就沒看見她了……還在睡吧？」

大洪走進小妹的房間探看。

「沒有喔！而且她通常很早起。」

「咦？那是小洪帶出去了？」舅舅說：「我待會要去醫院，中午社工和那對夫妻會過來，你先整理一下小慧的東西吧！」

大洪沉默的點頭。

舅舅一出門，大洪難過的開始為小妹打包行李。

小妹的東西只有一個小背包，幾件衣服和繪本。小妹的東西原本就不多，加上火災時，能燒的都燒光了，所以大洪沒花多少時間就整理好行李。

接近中午時分，舅舅帶著在醫院附近買的食材回來時，他們兩個才開始察覺到不對勁。

「大洪……」舅舅不安的問：「小洪，以前有單獨帶小慧出去過嗎？」

「有時候也會……」大洪忐忑的回應著。

「可是這麼早是第一次，而且他通常都只到附近散步，不會太久。」

他和舅舅心裡都有個不妙的預感。

「舅舅，我去公園看看好了，說不定只是玩晚了點。」

「好……」

大洪跑遍了他們一起去過的公園、附近的大小空地，甚至連遊樂園都去了一趟，卻毫無弟妹蹤影。

大洪沮喪的打道回府，希望弟妹都已經回家了，但一進門，他就知道希望落空了。他看見桌上的茶杯，問道：「舅舅，社工來過了？」

「來過了，我請他們改期……」舅舅擔憂的說。

「小洪和小慧到底去哪了？」

「舅舅……」大洪猶豫的說出心中猜想：「你想……小洪會不會是為了不讓小妹被帶走，所以把小妹帶出去了？」

「唉！小洪會這樣嗎？」舅舅無奈的說：「真是個傻孩子，你知道他有可能會帶小妹去哪嗎？」

大洪搖搖頭：「我連遊樂園都去找過了。舅舅，我們請黃叔叔來幫忙吧！我想去療養院看看。」

「好……」

當大洪連絡上黃叔叔時，已經是傍晚時分。黃叔叔一聽到消息，馬上開著老爺車趕到。他火速帶著大洪到了療養院，證實了大洪的想法是正確的。

療養院的櫃台小姐說：「有喔！早上有個男生帶著一個小女孩過來，說要探望媽媽。」

「那他們離開了嗎？」

「傍晚就離開了，探訪時間一過，我們就會請所有訪客離開。」

找人的線索就此中斷，他們茫然的回到車上，不知該如何是好。

「你覺得他們還有可能會去哪？」黃叔叔邊倒車邊問。

「我不知道……」

「那我們在這附近繞繞再回去，說不定他們已經回家了……」黃叔叔提議。

大洪也只能點頭，對於小洪可能去的地方，除了療養院，他就毫無頭緒了。

他們在療養院附近四處尋找，就在大洪灰心的打算放棄時，終於在一個隱密的樹下找到他們。

這都多虧了小妹的粉紅色外套，否則大洪根本看不到任何隱藏在夜色中的東西。

「小洪！」

等不及黃叔叔停好車，大洪幾乎是跳下車的衝到弟妹身邊。他看見小妹正在小洪的腿上安詳的睡著時，心裡的大石終於放了下來。

「小洪！我們到處找你！你怎麼可以……」大洪正想訓弟弟一頓，但小洪一開口，就讓他再也說不出任何責備的話。

「媽媽……咳咳……還是不認得我們……」

小洪抬頭看哥哥，眼中沒有大洪預想的驚慌或愧疚，只有哭腫的雙眼。他沙啞的說：「我試著跟她說以前的事，結果她吵著叫我們離開……」

「小洪……」

「哥……」小洪艱難的開口說：「咳咳……你覺得……媽媽會不會是因為我們那天吵著要爸爸留下來……放錄影帶給我們看……咳咳……所以還在生我們的氣？」

這是發生意外以來，大洪第一次聽到弟弟說那麼多話，他聽了也跟著鼻酸起來，哽咽的回答：「別說了……」

「咳……可是……」

「不會的，媽媽不是因為這樣才忘記我們……她只是因為太傷心了。她和我們一樣都很想念爸爸……一定是這樣的……放心吧！我會想辦法的……我們先回去吧……」

小洪聽話的跟著上車，結束了這慌亂的一天。

將弟妹帶回家安頓好後，因為小洪的翹家，讓大洪一夜無眠想了許多。

隔天，他下定決心，還有他可以做的事，小洪並沒有放棄希望，自己也不應該隨便放棄。

他明明承諾過要保護家人，做家人的榜樣，即使只有一丁點可能性，他也應該嘗試看看。

他走進房間，手裡緊抓著那個焦黑的獎盃，獎杯上隱約可以看到他的名字，以及模糊的「扯鈴冠軍」字樣，在這模糊的字前，還有幾個難以辨識的字跡，必須極細心才能看出來，那裡寫著「洪家最厲害」，全文其實是「洪家最厲害的扯鈴冠軍」。

大洪用手滑過那幾個字，懷念的想著，這是他生平第一座獎盃，但不是參加任何比賽贏來的，而是爸爸特別送給他的安慰獎杯。

國小四年級時，他第一次參加全國性的比賽，卻在預賽就被刷掉了。沒有得獎的他很失落，爸爸告訴他，即使沒有奪冠，在家人的心中，他是永遠的第一名，甚至還自製了這個「洪爸獎杯」頒給他，並將洪爸的名字也刻在上面。爸爸說，以後只要看到獎杯上的名字，就要大洪記得，爸爸永遠是他的頭號支持者。

這是大洪最珍惜的父親遺物，時時提醒著他，重要的不是名次，而是家人的支持。

大洪握緊獎杯，彷彿可以從中得到力量。

「小洪，我們走吧！去療養院。」

小洪坐在書桌前困惑的看著哥哥，但大洪回給他一個充滿信心的微笑。

「這次我們一起去，去找回我們的媽媽。」

15 孩子的呼喊

大洪帶著弟妹再次造訪療養院。

在不認得他們，外表衰老而陌生的媽媽面前，大洪感到身旁的小洪與妹妹一陣瑟縮，但他鼓起勇氣走向前，從背包中將獎杯拿出來，放在婦人面前。

「媽……妳還記得這個獎杯嗎？」

婦人一臉漠然的盯著獎杯。

大洪並不灰心，他早就想過媽媽可能會毫無反應。他再接再厲的說：「這是我第一次參加全國比賽輸了，爸爸為了安慰我，自己買來送我的……妳看！」大洪手指著獎杯上的字。

「他還在上面刻了字，說這是『洪爸獎杯』，只有洪家人才能得到的專有獎杯。」大洪將獎杯遞給婦人，她困惑的伸手接過獎杯。

「那時候我們還笑了好久，可是爸卻一臉正經，還說以後也要給小洪一個，上面要刻『洪家超厲害的扯鈴冠軍』，可是還來不及送……爸爸就走了。」

婦人雖然面無表情，卻專注的聽著。

「媽，我們也好想念爸爸……對不起……如果不是因為我任性，爸爸也不會死……」大洪艱難的表達心中的歉意。

「可是我們需要妳啊！如果妳不快點復原，小妹就要被送走了！」大洪再也無法忍耐心中的壓力，他哽咽的說：「那不只爸爸，連小妹都要離開我們了……妳現在又這個樣子……妳真的打算不管我們了嗎！」

「哥哥……不要哭……」

小妹看到最愛的哥哥竟然在哭，她慌張的也跟著哭了起來，小洪更是已經滿臉的淚水混雜著鼻水，三個孩子邊哭邊呼喊著媽媽，被包圍住的婦人拿著獎杯的手逐漸顫抖起來，一滴滴的淚水也掉落在焦黑的獎杯上。

大洪不知道媽媽會不會記起他們，可是他不打算放棄，不管還要做什麼，要做多久，他一定會努力讓媽媽記得他們的！

啜泣中，大洪感覺頭上有隻手在安慰他。

「啊……小文……還有小武和小慧啊……」那名原本不認得他們的婦人，竟然一一呼喊著他們的名字，並跟著默默流下眼淚。

「我怎麼會怪你們呢……只是……我實在太難接受了……你們爸爸他……竟

然先走一步……」她又伸手摸了摸小妹，像在確認什麼一樣。小妹雖然害怕又被拒絕，卻還是哭喊著撲進婦人懷裡：「媽媽！」

但這次，婦人沒有再拒絕任何一個喊她做媽媽的孩子。

不久，小妹的領養手續辦妥了。

在得知洪媽媽的狀況後，中途之家的養父母表示，很樂意在她恢復健康前照顧小妹。

洪媽媽恢復神智的那段期間，大洪和小洪每個假日都會接小妹去探望她，這成了大洪那陣子最喜歡的活動，扯鈴練習則次之。他們會帶著從扯鈴協會收集來的，曾經和爸爸一同參加比賽的錄影帶，還有黃叔叔提供的許多照片過去，陪著洪媽媽一起又哭又笑的看過許多遍。

在孩子的陪伴下，洪媽媽的記憶與健康都獲得了改善，也逐步接受丈夫過世的事實。她和孩子們約定，自己會努力復健，讓全家盡早團圓。

在孩子們的期盼下，她終於在半年後出院，恢復了正常上班的生活，並將孩子們接到新租的公寓，重建家庭。

自從洪媽媽從療養院出院，已經過了一個月，她出院不久，就接到日正國中的邀請，參加學校的結業式。

辛苦了一個學期，終於可以好好放個長假的學生們，打算一等枯燥乏味的典禮結束，馬上飛奔至最近的飲料店解渴。而在昏昏欲睡的學生面前不疾不徐走上禮堂講台的，是穿著西裝，頭頂微禿，講話和動作一樣緩慢的校長。

他先在講台上調整麥克風，確定收音良好後，才清清喉嚨，對著麥克風說：「又到了鳳凰花開的時節，各位同學們，我們才剛送走學長姐，現在又要為各位舉辦，象徵一年順利結束的……結業典禮。」

台下已經有同學開始打起呵欠來，而校長依舊維持著他沉悶的步調。

「不過今天比較特別，今天的結業式，邀請了一位……相信各位都應該不陌生，是我們學校的傑出學生，要來和各位分享他今年努力了一年，終於完成令人刮目相看的成果和一些生命體驗……」

聽到有熟悉的人要上台，台下出現交頭接耳的吵雜聲，有些人已經知道是哪

位人物要上台，有些人則好奇的探頭探腦，想尋找蛛絲馬跡。

「那……相信各位應該很期待，而且呢！這位同學不僅要和各位分享生命體驗，還帶來了保證精彩的表演。讓我們掌聲歡迎即將出國比賽的『陽光扯鈴隊』隊長——洪、志、文。」

終於聽到自己的名字，從結業式開始就坐在側台的大洪，惶恐不安的盯著他的隊員們。

「喂！我看起來如何？」

「OK啦！老哥，你看起來帥呆了！」曉實誠心的說。

與好幾個月前相比，大洪的傷疤變淡許多，加上一直穿著彈性繃帶以及努力護理的成果，傷痕已經沒有原本明顯，呈現微凸的淡粉紅色。

就在今天，包括大洪在內，陽光扯鈴隊的成員們都坐在側台，穿著嶄新的隊服，那是倍感驕傲的張阿姨主動為他們做的，沒想到玩個扯鈴也能出國比賽，張阿姨喜出望外，甚至貼心的印上英文隊名。

新隊服的正面是一個討喜的紅色愛心包圍的黃色太陽，太陽上依舊有抹親切的微笑，背面則用紅色的標楷體拼出「陽光扯鈴」四個大字，簡單大方。

雖然雙實兩兄弟並非日正國中的學生，但因為與有榮焉，他們學校也慷慨的讓他們請了外出假。事實上，在日正國中的表演結束，他們還得趕回自己學校，也來一場結業演出，可說是炙手可熱的當紅團體呢！

走向講台前，大洪不禁回想在療養院的草坪上，母子四人抱頭痛哭的記憶。他偷看了台下的觀眾席，確定媽媽和小妹，以及舅舅、舅媽都坐在第一排。舅媽因為化療而掉光了頭髮，現在戴著繽紛的毛線帽，讓大洪一眼就認出她們。

看到台下的家人，讓他既緊張又興奮，他害羞的來到講台中央，途中還因為太緊張而絆了一下。

「大……大家好。」大洪握住麥克風，結巴的向台下數千名學生打招呼。

「我……我是洪志文，今天要和各位分享我們扯鈴隊的表演……」大洪發覺自己冷汗直流。要他上台表演扯鈴沒問題，但要當眾講話問題可就大了，他覺得自己的心臟快從嘴巴裡跳了出來，掌心和背部則流滿了汗。

他又瞥了一眼台下的家人，看到家人支持的眼神，他才感到安心，這段講稿

還是和舅舅一起對過的呢！

「或許有些人已經知道，我因為火災意外，失去了父親和一般人的長相。」講到這，大洪猶豫的伸手脫掉自己戴著的棒球帽，並如預期的聽到台下抽氣的聲音，但他已經決定不再退卻或氣憤，勇敢面對他人的目光。

「我的傷痕一直受到許多人注目……我也一度放棄了成為扯鈴冠軍的夢想，直到這場意外讓我因禍得福，重拾了童年時期的友誼。」他回頭望向側台的隊員們，他們對他比出加油的手勢。

「他們鼓勵我成立扯鈴隊，參加比賽爭取獎金。一開始，我們是為了獎金而參賽，在比賽的過程中，我們也曾遇過困難，一度想放棄，但總是有個人，我或某個隊員說要繼續下去……逐漸的，我們在不知不覺間學會了堅持。我……我想鼓勵學弟妹們……或許不是扯鈴，但無論發生什麼事，不要放棄夢想……只要堅持下去，一定會出現支持你的人，幫助你實現夢想！而有一天，我們也能成為支持別人的人！」

講到這，台下響起如雷的掌聲打斷他的演講，甚至還伴隨著口哨聲。大洪等了一會兒，才繼續說：「我……我很幸運，身邊有許多朋友支持我，他們不在意我奇怪的外表。而且，我還有家人在身邊……雖然繞了許多圈子，遇到了困境，但最後能與家人團聚，我真的很幸福……」說到這，大洪的聲音變得有點哽咽。

「大家……一定要珍惜陪在身邊的家人。啊！這有點離題了……」大洪覺得自己又窘又糗，明明對過講稿，主題是鼓勵，為什麼上了台卻辭不達意，但意外的，台下卻傳出鼓勵的聲音，活潑的學弟妹們毫不掩飾對他的欣賞，紛紛為他叫好。

「加油！」

「說得好！」

感受到台下的支持，大洪覺得自己又有勇氣繼續站在台上。

「謝謝大家，反正最重要的是，想與各位分享堅持夢想！那接下來，就要向各位介紹，一直支持著我，陪伴我成長的陽光扯鈴隊的隊員們……我們要為各位帶來一段……」

大洪的話還沒講完，就又被台下如雷般的掌聲給打斷，他不知所措的站在講台上，回頭向他的隊友們求救，沒想到他的隊友們也奮力為他鼓掌，他不禁覺得熱淚盈眶，感覺自己何其幸運。

「謝謝……謝謝大家……」

陽光扯鈴隊在如雷的掌聲中出場，他們帶來的精湛演出，為日正國中的結業式畫下完美的句點。

結業式結束，當大洪與親友一起走出校園時，一個女孩叫住了他，大洪認出那是曾在學校走廊上，因為他的傷疤而嚇跑的女孩。

「學長……我……我想向你學扯鈴……」年輕的女孩趕上大洪，害羞的說。

「你……你不會覺得我很可怕嗎？」

「學長，對不起。我以前覺得你長得很恐怖……」女孩羞愧的說：「可是我現在覺得，你是個很值得尊敬的人，而且學長玩扯鈴的時候，看起來好帥氣！」女孩一口氣說完，不等大洪回答，就害羞的摀著臉逃跑了。

大洪呆呆的看著她的背影，下意識摸了摸還戴著彈性繃帶的右手，他發覺自己沒有特別感慨或激動，就算今天那名女孩沒有改變想法，對他來說都無所謂，因為他的親友都陪在身邊，這讓他充滿了信心，無所畏懼。他不禁加快腳步，追上走在前頭的好友們，就看到雙實兩兄弟又被張阿姨抓著說教了。

「媽，對不起。雖然之前有過約定，可是回台灣後，我打算繼續玩扯鈴。」曉雙態度冷靜的說。

「那怎麼行！」張阿姨當然強烈反對。

「你馬上就要考試了！」

「當然啦！學業我也會顧，只是我不會放棄扯鈴的。」曉雙堅定的重複自己的決定。

「我不准！」

「媽，如果扯鈴隊獲得了國際團體賽的冠軍，說不定推甄會加分喔！」曉實適時的擠進家人中間，毫不負責的推測著。

一聽到扯鈴可能有利考試分數，張阿姨馬上改變態度。

「唉呦！這樣啊……要是能得到世界冠軍，那也是不錯啦！」她已經開始幻想曉雙考上第一志願，自己在市場走路有風的樣子了。

曉雙和曉實兩人對看了一眼，確認媽媽已經被說服了。大洪啼笑皆非的看著那對兄弟，為他們能順利保有選擇的自由而高興。

「阿文。」洪媽媽牽著小妹走到他身邊。「剛剛你在演講時，讓我想起了那天，那時候如果不是因為你們的聲音，我也沒辦法清醒……」

「媽……」

「我準備了一個東西要送你。」洪媽媽遞了一個紙袋給大洪。

大洪打開一看，那裡面是座嶄新的「洪爸獎杯」。

「這是……」大洪意外的看著獎杯。

「是小洪從你桌上拿的。」洪媽媽笑著說。

「可是……怎麼可以能變得這麼新……」大洪激動的摸著光滑的獎杯，尋找著洪爸的名字。

「我請做獎杯的師傅想想辦法，他又是重新上漆，又是重新刻字的，好不容易才……你看看杯底。」

除了洪爸的名字如原本一樣在獎杯側邊，下方甚至多刻了陽光扯鈴隊全員的

姓名，以及洪媽和小妹的名字。

「難得重刻了，我想乾脆多幾個紀念。」洪媽媽說：「以後你看到獎杯，就會記得，除了你爸，我們以及你的隊友都支持你！」

「媽，謝謝妳！只要有這獎杯，就算沒得到冠軍也無所謂了。」

「那當然。」洪媽開朗的說：「你永遠是我們心中的冠軍！不要給自己太大的壓力，玩得開心最重要！」洪媽俏皮的向他眨眨眼。

看到媽媽像從前一樣，又是那個充滿活力的人，大洪感動不已。

「以後要改叫『洪媽獎杯』了！」洪媽媽充滿魄力的說：「你們爸爸來不及做的事，我都會努力彌補的！」

「媽，謝謝妳。」

大洪與洪媽媽並肩而行，他抱著充滿回憶的獎杯回望，看到小洪牽著小妹，而黃家兄弟也緊跟在後頭。望著重要的家人們，大洪覺得自己心中充滿了勇氣，只要有家人在身邊，不管是燒傷或是夢想，他相信自己都有辦法一一克服，走向自己該走的道路。

火紋身的扯鈴高手

作者　岑文晴
責任編輯　王成舫
美術編輯　蕭佩玲
封面設計　蕭佩玲

出版者　培育文化事業有限公司
信箱　yungjiuh@ms.45.hinet.net
地址　新北市汐止區大同路三段一九四號九樓之一
電話　（02）8647-3663
傳真　（02）8674-3660
劃撥帳號　18669219
CVS代理　美璟文化有限公司
TEL／(02)27239968
FAX／(02)27239668

總經銷：永續圖書有限公司
永續圖書線上購物網
www.foreverbooks.com.tw

法律顧問　方圓法律事務所　涂成樞律師
出版日期　2014年5月

國家圖書館出版品預行編目資料

火紋身的扯鈴高手/岑文晴著. -- 初版.
-- 新北市 : 培育文化, 民103.05
面 ;　公分. -- (勵志學堂 ; 48)
ISBN 978-986-5862-30-5(平裝)
859.6　　103005275

※為保障您的權益，每一項資料請務必確實填寫，謝謝！

姓名		性別	□男 □女
生日	年 月 日	年齡	
住宅地址	郵遞區號□□□		
行動電話		E-mail	

學歷

□國小 □國中 □高中、高職 □專科、大學以上 □其他______

職業

□學生 □軍 □公 □教 □工 □商 □金融業
□資訊業 □服務業 □傳播業 □出版業 □自由業 □其他______

謝謝您購買 ___火紋身的扯鈴高手___ 與我們一起分享讀完本書後的心得。務必留下您的基本資料及電子信箱，使用我們準備的免郵回函寄回，我們每月將抽出一百名回函讀者，寄出精美禮物以及享有生日當月購書優惠！想知道更多更即時的消息，歡迎加入"永續圖書粉絲團"

您也可以使用以下傳真電話或是掃描圖檔寄回本公司電子信箱，謝謝！

傳真電話：（02）8647-3660　　電子信箱：yungjiuh@ms45.hinet.net

●請針對下列各項目為本書打分數，由高至低5～1分。

	5 4 3 2 1		5 4 3 2 1
1.內容題材	□□□□□	2.編排設計	□□□□□
3.封面設計	□□□□□	4.文字品質	□□□□□
5.圖片品質	□□□□□	6.裝訂印刷	□□□□□

●您購買此書的地點及店名______

●您為何會購買本書？

□被文案吸引 □喜歡封面設計 □親友推薦 □喜歡作者
□網站介紹 □其他______

●您認為什麼因素會影響您購買書籍的慾望？

□價格，並且合理定價是______ □內容文字有足夠吸引力
□作者的知名度 □是否為暢銷書籍 □封面設計、插、漫畫

●請寫下您對編輯部的期望及建議：

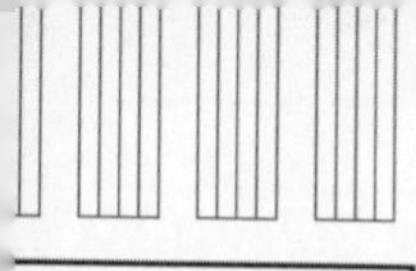

221-03
新北市汐止區大同路三段194號9樓之1

FAX：（02）8647-3660
E-mail：yungjiuh@ms45.hinet.net

培育

文化事業有限公司

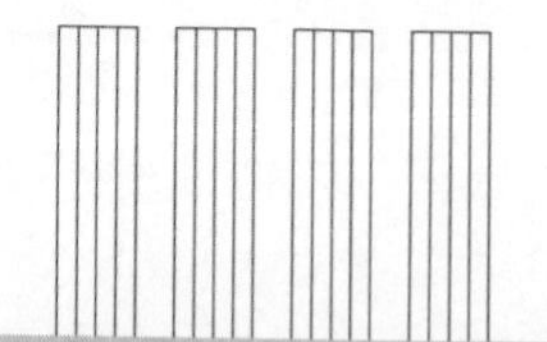

讀者專用回函

火紋身的扯鈴高手

培養文化育智心靈的好選擇